KB078566

승유 장편 소설

FUSION FANTASTIC STORY

월드 플레이어

WORLD PLAYER

월드 플레이어 7

승유 장편 소설

초판 1쇄 찍은 날 § 2015년 11월 5일
초판 1쇄 펴낸 날 § 2015년 11월 12일

지은이 § 승유
펴낸이 § 서경석

편집책임 § 고승진

펴낸곳 § 도서출판 청어람
등록번호 § 제387-1999-000006호
등록일자 § 1999. 5. 31
어람번호 § 제1-2279호

주소 § 경기도 부천시 원미구 부일로 483번길 40 서경B/D 3F (우) 14640
전화 § 032-656-4452 팩스 § 032-656-4453
http://www.chungeoram.com
E-mail § chungeorambook@daum.net

ISBN 979-11-04-90496-7 04810
ISBN 979-11-04-90304-5 (세트)

승유 장편 소설

FUSION FANTASTIC STORY

월드 플레이어 7 [완결]

WORLD PLAYER

도서출판 청어람

월드 플레이어

WORLD PLAYER

CONTENTS

제1장

마지막 밤

클랜 회의는 신속하게 진행됐다.

동원은 차례대로 필요한 사실들을 전달했고, 다른 클랜의 리더들은 동원의 말에 대해 이견이 없었다.

오히려 다른 클랜의 리더들은 자신이 대한민국 소속의 스피어러고, 동원과 가까운 협력자로서 관계를 유지하고 있다는 사실에 상당한 자부심을 느끼는 모습이었다.

동원에 대한 관심은 매우 높았다.

코어 네 개의 힘을 손에 넣은 스피어러.

그들은 동원의 실력이 어느 정도인지 짐작조차 하지 못

했다.

하지만 확실한 것은 지금 스피어러와 브리그 족, 더 나아가 아도네스 행성과 지구의 미래를 결정할 힘을 가진 사람이 동원이라는 것이었다.

회의는 빠르게 끝이 났다.

각 클랜에서는 동원이 정한 조건에 맞게 B랭크 이상에 해당하는 스피어러들을 차출하여, 중국으로 출발할 지원 병력에 할당하기로 했다.

그리고 대한민국 내에서 파악된 몇 개의 소규모 오염지대에 대해서는 그들 선에서 오염지대 정화를 끝내도록 했다.

획득한 크리스탈은 사용하지 않고 모아둔 뒤, 이후 클랜회의를 거쳐 우선적으로 껄끄러운 포탈들을 제거하기로 결정했다.

과거 포탈의 이권을 놓고 대립하고 경쟁했으며, 클랜이다르다는 이유만으로 갈등이 발생하기도 했던 때가 있었지만… 이제는 그 어느 누구도 포탈이나 스피어의 획득을 두고 싸우려 하지 않았다.

그것이 부질없다는 사실을 깨달았기 때문이다.

이제 변이체는 사라졌고, 하위 스피어러들은 스피어 시스템을 통해서만 성장할 수 있었다.

혹은 포탈을 넘어가 아도네스 행성에서 직접 이그라드 전사들과 여전히 남아 있는 일부 변이체들을 상대할 수밖에 없었다.

 동원을 포함해 모든 클랜의 리더들이 불안하게 생각하고 있는 것은 코어가 사라지면서 더 이상 스피어러들이 생겨나지 않게 되었고, 이제부터는 줄어드는 스피어러들의 수가 그대로 적용될 것이라는 점이었다.

 그래서 신중해야 했고, 조심해야 했다.

 그런 와중에 스피어러들끼리 다투고 갈라선다는 것은 있을 수 없는 일이었다.

 물론⋯ 여전히 세상이 변한 줄 모르고 과거 속에 살고 있는 스피어러도 일부 있긴 했지만, 무시할 수 있을 정도였다.

 "속도전으로 가지 않으면 시간이 많이 걸리겠어."

 "중국 놈들은 도대체 뭘 한 거야? 이 정도면 거의 손 놓고 있었다고 해도 무방할 정도인데."

 "저도 계속 그쪽 소식을 듣고 있었지만, 넓은 땅덩어리가 화근이 된 셈입니다. 스피어러들 간의 이권 다툼이 너무 심했고, 웨이브에 대한 대비도 허술했습니다. 빅 웨이브 당시에도 외부에 보도가 크게 안 되었을 뿐이지, 민간인 피해가 엄청났었습니다. 정부 차원에서 부끄러운 일이라며 어떻게든 언론 보도를 막은 탓에 적게 포장되었다는 이야기가 정설이니까요."

다음 날 새벽.

회의실에서는 동원과 이정우, 김혁수가 지도를 크게 펼쳐놓고 회의를 하고 있었다.

이정우가 히어로즈 클랜과의 연계 조사를 통해 만들어 온 오염지대와 잔여 변이체에 대한 지도를 보니, 중국 쪽이 그야말로 가관이었다.

지도상에 표시된 붉은 점이 오염지대였고, 그 위에 적힌 숫자가 변이체의 수였는데 중국이 압도적으로 많았다.

넓은 땅덩어리를 이유로 대기에는 미국이나 러시아, 인도 쪽의 깨끗한 표시를 설명할 수가 없었다.

세 나라뿐만 아니라 왠만한 국가들은 최소한 잔여 변이체들은 처리가 끝났고, 오염지대를 이제 하나씩 지워나가는 중이었다.

하지만 중국은 심각했다.

제대로 처리된 것이 없었다.

그래서 지금 각국의 상위 스피어러들이 중국을 목적지로 잡고 있었다.

모두가 같은 생각이었다.

지구 안에 산재해 있는 문제들을 완벽하게 해결해 놓지 않으면, 아도네스 행성에서 있을 이그라드 족과의 마지막 전투에 집중할 수 없기 때문이다.

"중국 쪽에서는 우선 정부 차원에서 대책반을 마련하고, 각국에서 올 스피어러들이 신속하게 위험 지역으로 이동할 수 있도록 준비를 갖춘 모양입니다. 사람들은 지원을 올 스피어러들을 구원자라 부르고 있는 모양이더군요. 그 전까지는 중국 내의 스피어러들 간의 갈등이 너무 심했고, 민간인 보호에 소홀했던 탓에 여론은 거의 마녀사냥에 가깝게 중국인 스피어러들을 몰아붙이고 있는 모양입니다."

"언제 아도네스 행성에서 다시 교신이 올지 모릅니다. 교신이 온다면, 그때는 넘어가야 합니다. 내일 날이 밝는 대로 출발하도록 하죠. 정우, 혁수 씨. 기존에 결정했던 대로 이번 지원에 참여할 스피어러들을 대기시켜 주세요."

"알겠어."

"알겠습니다. 준비하겠습니다."

두 사람은 동원의 말이 끝나기가 무섭게 빠르게 준비에 들어갔다.

그리고 동원은 바로 서희와 이유리, 두 여자가 함께 있을 서희의 집으로 향했다.

오늘 밤, 그리고 새벽 동안 동원은 서희와 이유리에게 이번 계획에 대해 설명하고, 앞으로 전투에 참여할 수 없게 된 쌍둥이 형제와 김윤미를 만날 생각이었다.

자신의 생각이 맞다면, 중국에서의 일이 마무리되기 전, 혹은 마무리되는 시점에서 아도네스 행성으로 넘어가게 될 것이다.

이그라드 족이 잠시 호흡을 고르고 있어 지금은 전투가 발생하지 않고 있지만, 길어봐야 며칠 안 되는 평화일 것이라 생각했다.

시간을 끌어서 좋을 것이 없기 때문이다.

다시 아도네스 행성으로 넘어가면, 그때는 어떤 형태로든 전쟁의 종지부를 찍게 된다.

그 끝에서 과연 얼마의 스피어러들이 살아 있을지, 그 생존자에 자신이 있을지 없을지는 장담할 수 없었다.

자그네트는 동원도 단 한 번도 마주친 적이 없는 존재였다.

브리그 족의 절대자이자 엄청난 힘을 보유하고 있는 로드가 자신을 '희생' 시켜서라도 기어코 마수를 막아내야만 했던 존재.

그로 인해 방해를 받기는 했지만, 지구로 끊임없이 변이체들을 파견하고 브리그 족을 아도네스 행성 외곽으로 밀어내며 주도권을 가져간 존재.

고등 문명을 가진 브리그 족이 여전히 껄끄럽고 무서워하며, 두려워하고 있는 존재.

그리고… 세 개의 코어를 회수하여 자신의 힘으로 만들어 새로이 거듭난 존재가 바로 자그네트였다.

자그네트는 두려움의 대상이었다.

그리고 동원에게는 마주치지 못한 적이었다.

자그네트와의 만남은 처음이 마지막이 될 것이다.

이제 서로가 서로를 죽여 없애야만 하는 것은 피할 수 없는 운명이 되어버렸다.

*   *   *

"미안해요. 이제 괜찮아요. 회의에 대한 이야기도 화상으로 진행된 것을 보아서 확인했어요. 걱정을 끼쳐 미안해요, 동원 씨. 유리가 옆에 있어줘서 더욱 힘이 됐어요."

"미안해할 것 없어요. 다들 슬픔에 잠기고, 느끼고, 이겨내는 시간이 필요한 거죠. 저도 규현이를 잊은 것이 아닙니다. 잠시 묻어둔 것일 뿐이죠."

"마음의 준비는 모두 끝났어요. 이제 다시는 눈물 흘릴 일은 없을 거예요. 유리도 그렇지?"

"맞아요, 언니. 틈틈이 계속 스피어에서의 퀘스트를 수행

하면서, 이왕이면 S랭크가 되고 나서 행성으로 넘어갈 수 있으면 좋겠어요. 어쩌면 기술이 몇 개 더 생겨날지도……. 오빠는 그런 건 없었어요?"

"나는 이미 가진 힘이 커서 그런지, 정말 담백하게 S랭크가 되었다는 소식만 듣고 끝이 났지. 하지만 모든 스피어러들이 그렇다고는 할 수 없으니까."

"그래서 기대를 좀 하고 있어요."

항상 이유리의 옆에서 언니 노릇을 톡톡히 했던 서희였지만, 오늘만큼은 이유리의 품에 안겨 있는 서희의 모습이 지금까지와는 반대 같았다.

서로가 서로를 의지하는 모습은 마치 친자매를 보는 듯했다.

여성 스피어러가 부족한 클랜 내의 상황 덕분에 두 사람이 자연스럽게 친해진 것도 있었지만, 이유리도 서희만큼이나 강한 정신력을 가지고 있는 사람이라 서로에게 힘이 되어줄 수 있다는 사실이 고무적이었다.

"중국으로 출발하게 되면, 경우에 따라서는 거기서 바로 아도네스 행성으로 이동하게 될 수도 있어요. 그 전에 얼굴을 한 번씩 봐야 될 사람은 보도록 하죠. 찬성이, 찬열이, 그리고 윤미 씨. 인사는 해야죠."

"그래요, 옷만 입고 나올게요. 잠시만 기다려 줘요."

서희의 말에 동원이 고개를 끄덕였다.

서희가 자신의 방으로 들어가 옷을 갈아입는 동안, 동원과 이유리는 일찌감치 밖으로 나와 그녀를 기다렸다.

문을 열고 밖으로 나오자 이유리가 그제야 긴장이 풀린 듯, 살짝 동원의 어깨에 머리를 기대었다.

아직 사라지지 않은 샴푸 내음이 이유리의 긴 머리를 타고 동원에게 자연스럽게 흘러들었다.

이유리에게서는 항상 향기가 났다.

지금 생각해 보면 이유리에게 호감을 가지게 되었던 가장 첫 번째 이유는 파티 플레이에서 그녀가 보여주었던 활약 때문이었지만, 그녀에게서 나는 특유의 향기 때문이었던 것 같았다.

이유리와 파티 플레이로 시작된 인연. 그때만 해도 한 번 보고 말 사이가 될 것이라 생각했는데, 이제는 떨어져선 안 될 연인이 되어 이렇게 서로에게 힘이 되어주고 있었다.

"오빠."

"응."

"아침에 출발할 거죠? 그리고 언니가 나오고 나면 쌍둥이를 만나고, 윤미 언니를 만날 거고요."

"그렇지. 그리고 잠시 눈을 붙인 뒤, 아침이 되는 대로 모여서 출발하게 될 거야. 미리 연락해 둘 사람이 있으면 해 두도록 해. 중국에서도 연락이야 할 수 있겠지만, 상황이 어떻게 돌아갈지는 알 수 없으니까."

"연락은 아까 언니랑 있으면서 짬짬이 해뒀어요. 오빠, 오늘은 오빠 집에서 같이 있을래요. 같이… 술이나 한잔해요. 마지막 밤이잖아. 내일부터는 또다시 뒤도 돌아보지 않고 달려 나가야 할 텐데, 마지막 휴식을 즐기고 싶어요."

자신을 바라보는 이유리의 눈빛은 평소와 달리 좀 더 촉촉한 짙음이 있었다.

눈코 뜰 새 없이 바쁜 시간을 보내온 동원과 이유리는 데이트라 할 만한 시간도 제대로 갖지 못했다. 동원이 이유리에게 가장 미안한 것이 그것이었다.

다른 커플들이 당연히 즐겼을 법한 영화 한 편, 혹은 놀이동산으로의 소풍 같은 평범한 데이트조차 제대로 즐기지 못했다는 것.

그녀와 함께한 시간은 대부분이 스피어 퀘스트, 아도네스 행성에서의 사냥과 같은 오로지 스피어와 연관된 일이었다.

현실로 돌아오면 쌓여 있는 클랜 내외의 현안을 처리하기에 바빴고, 그녀 역시 옆에서 동원을 도우며 눈코 뜰 새 없이 바쁜 시간을 보냈던 것이다.

"영화라도 한 편 볼까?"

동원 자신이 생각해도 참 멋대가리 없다 싶을 정도로 무미건조한 말을 건넸다. 말을 뱉는 순간, 미안한 마음이 들 정도였으니까.

"아니, 그런 거 필요 없어요. 다만 오늘은 오빠 옆에서 따뜻하게 체온을 느끼고 싶어요. 안겨 있고 싶어. 오늘만큼은 그러고 싶어요."

이유리는 은근한 듯하면서도 도발적인 멘트를 동원에게 건넸다.

생각해 보니 정말 이유리와 스킨십다운 스킨십을 해본 것도 오래된 것 같았다.

목숨을 건 혈투를 펼치며, 매일 죽음과 마주하며 살아왔기 때문일까.

두 사람 모두 풋풋하게 사랑의 감정을 차곡차곡 쌓아가기엔 그럴 여유가 없었던 것이다.

끄덕끄덕.

동원이 대답 대신 고개를 끄덕이는 것으로 그녀의 말을 받았다.

그러자 이유리가 동원의 품에 안긴 채 한참을 말없이 서 있었다.

동원이 이유리의 머리를 조심스럽게 쓰다듬었다.

정말 쉴 새 없이 달려온 지난 시간들. 언제쯤 편하게 쉴 수 있는 날이 올까.

그 정답은 동원도, 그 어느 누구도 알 수 없었다.

제2장
중국(China)

 "정말 아쉽습니다. 곁에 있어 드려야 하는데, 가장 중요
한 시점에 이런 빌어먹을 부상이라니……. 죄송합니다, 형
님."

 "면목 없습니다, 형님."

 "죄송해요. 차도가 있으면 좋을 텐데. 의사도 절대적인
안정이 가장 중요하다고 할 뿐이니……."

 어두운 새벽이었지만, 동원이 쌍둥이 형제를 찾아간 병
원 주변은 밝았다.

 스피어러 부상자들을 전문적으로 치료하기 위해 개편된

이 병원은 입원한 환자의 99%가 스피어러들이었다.

정부가 스피어러들의 중요성을 실감하게 된 사건, 바로 서울 스퀘어에서 시작됐던 빅 웨이브 이후로 스피어러 전문 치료 병원이 생겨났다.

그 이후로 대다수의 스피어러는 퀘스트 수행, 혹은 오염 지대 탐사나 아도네스 행성에서의 활동 중 부상을 입으면 이곳에서 집중 치료를 받았다.

스피어러들의 구조적 특성상, 클랜원이나 가족과 같은 외부인들과의 접촉도 잦았고, 그러다 보니 지금과 같은 새벽에도 면회가 자유로이 허용되었던 것이다.

물론 수면 중인 스피어러들의 휴식에 방해가 되지 않도록 환자가 병원 지하에 마련된 면회실에서 외부인을 만나는 것을 허용했다.

"괜찮아, 신경 쓸 것 없어. 너희들은 너희가 할 수 있는 그 이상을 했다. 이제는 남은 우리가 해야 할 몫이지. 단비 씨, 고생이 많습니다. 수고스럽겠지만, 좀 더 부탁드릴게요."

"아니에요, 제가 고생은 뭘. 이렇게라도 보탬이 될 수 있다는 걸 다행으로 생각해요."

화장기 하나 없는 민낯의 김단비였지만 그래도 예뻤다.

황찬성은 그녀를 보며 계속 싱글벙글이었다.

졸지에 황찬열은 형의 여자친구의 간호를 받는 신세가 되어서인지 영 표정이 좋아보이진 않았지만, 그래도 그 와중에 쌍둥이 형제는 서로의 손을 맞잡고 미소를 교환하며 격려를 하는 모습이었다.

"유리야, 무리하지 말고. 절대 무리해선 안 돼. 알았지?"

"알았어요. 오빠도 치료에 전념해요. 다른 건 신경도 쓰지 마요. 절대로."

"알았다. 형님, 그럼 이제 중국으로 출발하십니까?"

"그래야지. 시간이 많지 않아. 그 전에 최대한 할 수 있는 모든 일들을 해놓아야만 해."

"형님, 꼭 조심하셔야 합니다."

"새삼스럽게 뭘. 걱정할 것 없어. 야심한 밤에 나와줘서 고맙다. 어서 들어가서 쉬어라. 단비 씨도 쉴 때는 쉬어가면서 함께 있어줘요. 병간호가 환자 본인보다 더 힘들다는 말도 있으니."

"괜찮아요. 정말 잘 자고 있으니까요, 너무 걱정하지 마세요."

동원의 걱정과 달리, 모두 상태가 좋아 보였다.

다만 깁스를 한 쌍둥이의 모습은 확실히 어색했다.

항상 늠름하고 듬직하게 등 뒤에 서서, 자신을 지켜주던 모습이 아닌 환자복을 입은 모습이었으니까.

그래도 다행이었다.

죽지 않고 살아 있다는 것만으로도 감사할 일이었다.

그만큼 쌍둥이 형제는 자신을 위해 싸워주었고, 동원은 자신이 두 사람의 몫까지 반드시 해내야 한다고 믿었다.

한편 김윤미는 가족들과 집에서 휴식을 취하고 있었다.

그녀는 이번 지로드 산맥 진공 전투에서 백랑이 큰 부상을 입으면서 전투 능력이 크게 떨어졌다.

게다가 그녀도 팔에 부상을 입는 바람에 원활하게 공격을 펼치기가 쉽지 않았다.

그녀는 쌍둥이처럼 집중 치료가 필요한 정도는 아니었지만, 전투력의 대부분을 담당했던 백랑이 부상을 입었기 때문에 치료가 될 때까지 기다리는 중이었다.

이것은 물리적인 시간이 필요한 문제라서 마음이 급하다고 한들 해결될 문제가 아니었다.

거기에 몸과 마음이 지친 김윤미에게는 휴식이 필요했고, 그녀는 지금 안정된 상태에서 회복의 시간을 보내고 있었다.

"죄송해요. 스피어의 안내자에게 재촉을 해보았지만, 시간이 필요한 문제라고 하더라구요. 앞으로 2주 정도가 필요하다고 하는데, 당장 퀘스트부터 어떻게 수행할지가 고민

이에요. 경우에 따라서는 드롭을 당하게 될 수도 있고…….”

“너무 걱정하지 말고 쉬어요. 안전하게 갑시다. 지금도 충분히 윤미 씨는 강하니까, 급하게 마음먹지 말아요.”

“언니, 언니만 생각해요. 지금은 다른 건 아무것도 생각 말아요, 아무것도.”

동원과 이유리는 불안해 보이는 김윤미를 달랬다.

그녀는 평범한 대학생이었고, 편의점 야간 알바를 하던… 동물을 좋아하는 순수한 여성이었다.

그런 그녀가 어느 날 갑자기 스피어러의 삶을 살게 됐고, 그 이후로 정신적으로 많은 것이 피폐해졌다.

특히 로즈마리와 연관해서 있었던 납치 사건은 그녀에게 심적인 타격을 주었다.

물론 그녀는 어쩔 수 없는 상황 속에서도 현명하게 대처하며 빠져나왔지만, 그때의 기억을 잊어버리지는 못했다.

그 이후, 쉴 새 없이 블랙 헌터 클랜의 동료들과 전투를 치르며 강행군을 해왔고, 이제야 겨우 숨을 돌리게 된 것이다.

그래서일까? 그간의 강행군에 대한 반동인지, 그녀는 추운 겨울날 몸이 꽁꽁 얼어 전기장판 속에 들어온 사람처럼 퍼져 버렸다.

본인의 의사와 투지와는 관계없는 어쩔 수 없는 피로의 누적이었다.

동원은 그런 김윤미를 무리하게 만들 생각은 없었다.

또한 그렇게 하고 싶어도, 전력의 대부분을 차지하는 백랑이 없는 그녀로서는 손발이 잘린 것이나 다름없었다.

동원은 김윤미가 더 미안해하기 전에 자리를 떴다.

푹 쉬라는 말과 함께 그녀가 좋아하는 과일을 전해준 것으로 작별 인사를 대신했다.

그녀 역시 치료와 회복에는 시간이 필요할 것이고, 아마 준비가 될 즈음이면 이미 아도네스 행성에서 일이 벌어진 이후일 것이다.

*   *   *

인사는 빠르게 끝이 났다.

헤어진 뒤로도 쌍둥이 형제와 김윤미에게서는 계속 미안하다는 톡과 함께 꼭 몸조심하라는 걱정과 격려 섞인 내용들이 전해져 왔다.

세 사람은 다음 전투에 참여하지 못하게 된 사실을 진심으로 안타까워하고 미안해했다.

동원도 세 사람의 진심을 이해했다. 그러고 나니 어느덧 새벽 3시가 되었다.

아직 날이 밝으려면 한참 남은 시간이었다.

거리를 다니던 사람들도 이제는 인적이 뚝 끊겨, 거의 보이지 않았다.

"오빠."

"응."

"우리 오늘은 저기서 좀 쉬었다가 가요. 오빠 방은 좁잖아. 조금은 편한 곳에서… 있어 보는 건 어때요?"

이유리가 동원의 얼굴을 자연스럽게 돌려 시선이 향하게 한 곳은 집으로 향하는 방향, 그 옆의 샛길을 따라 쭉 늘어서 있는 모텔촌이었다.

집 근처에 있는 곳이니 동원도 모르지는 않았다.

이유리는 최대한 자연스럽게 대화를 꺼냈다고 생각했지만, 어느새 얼굴이 잔뜩 붉어져 있었다.

힘겹게 꺼낸 말, 그녀는 매우 수줍어하고 있었다.

"가자. 둘만의 시간을 제대로 갖지 못했으니까."

동원이 이유리의 손을 잡아 끌었다.

자신의 익숙한 원룸이나 이유리의 원룸도 있었지만, 그녀의 말처럼 좁았다.

몸을 눕힐 만한 공간 정도는 되겠지만, 이유리가 원하는 건 단순히 누워서 함께 있는 것만은 아닐 것이다.

"오늘은 왠지… 오빠에게 좀 더…….."

"알아, 무슨 말인지. 나도 유리와 함께 시간을 보내고 싶어. 단둘만 있는 특별한 시간을."

이 밤이 끝나기 전까지.

그리고 아침의 해가 뜨기 전까지만큼은 동원도 스피어러로서의 삶, 앞으로 펼쳐질 일들과 미래를 잠시 잊고 한 여자의 남자로서 곁에 있고 싶었다.

인적이 끊긴 밤길을 따라 둘만의 공간으로 향하는 길.

동원은 잠시 복잡했던 생각들을 모두 묻어두고, 이유리에 대한 생각만 남겨둔 채 손을 꼭 붙잡고 그녀를 인도했다.

이유리는 수줍게 동원에게 팔짱을 끼고는 넓은 동원의 어깨 뒤에 살짝 숨어, 젊은 커플이 그러하듯 다소 어색한 분위기 속에서 그렇게 어둠 속으로 사라졌다.

"하아, 좋다. 오빠, 이렇게 따뜻한 물 잔뜩 받아놓고 들어가 있어 보는 건 오랜만이지 않아요?"

"그런 것 같은데. 좀 더 가까이 있을까."

"등 뒤로 느껴지는 오빠의 가슴이랄까… 그 감촉이 정말 좋아요. 나보다도 더 군살이 없는 것 같아. 그렇죠?"

"유리만큼 군살 없는 사람이 없을걸? 옆구리 봐봐. 누가 보면 모델인 줄 알 정도야."

"에이, 무슨 소리예요? 봐봐, 여기 옆구리 살이 그대로 잡히는데. 오빠가 몰라서 그래요. 히히."

알몸이 된 두 남녀는 월풀에 잔뜩 받아놓은 뜨거운 물과 그 안에 풀어놓은 입욕제 속에서 피로를 털어내고 있었다.

같이 월풀 속에서 목욕을 하자고 제안한 것은 이유리였다.

서로가 이렇게 알몸인 상태로 함께 있는 것은 처음이었다.

물론 이유리가 동원의 집에서 쉴 때나, 반대로 동원이 이유리의 집에서 쉴 때 아주 깊은 스킨십이 오고 갔던 적이 없지는 않았다.

가벼운 복장을 즐겼던 두 사람이니, 때때로 옷을 훌훌 벗어던지고 감정적인 이끌림에 몸을 맡겼던 적도 있기는 했다.

하지만 이렇게 오랜 시간 동안 알몸인 채로 서로 껴안은 채, 함께 숨결을 나누고 있는 것은 처음이었다.

두 사람이 보내온 지난 시간 동안, 얼마든지 동원과 이유리는 서로의 사랑을 육체적으로 확인하는 시간을 가질 수 있었지만 그렇게 하지 않았다. 아니, 못했었다.

그만큼 현실 속에서 치열하게 마주해야 할 것들이 너무나도 많았기 때문이다.

그리고 서로가 서로에게 서두르지 않았다.

여타 젊은 청춘 남녀들처럼 굳이 섹스에 목숨을 걸려고 하지도 않았다.

관계를 가질 수 있지만, 그렇게 하지 않은 것이다. 그렇게 하지 않아도 서로에 대한 사랑을 느낄 수 있었기에.

하지만 오늘은 평소와는 달랐다.

귀에 못이 박히도록 주변 사람들에게, 그리고 스스로에게 되뇌던 말처럼… 이제 다시 아도네스 행성으로 넘어가게 되면, 그때는 목숨을 걸고 적을 상대해야 했다.

지금은 둘이지만, 다시 전투가 끝나고 돌아왔을 때는 둘이 아닐 수도 있다.

하나일 수도 있고, 혹은 아무도 돌아오지 못할 수도 있는 것이다.

그래서 더 이상 동원과 이유리는 서로에 대한 사랑의 마지막 확인을 미루고 싶지 않았다.

지금 두 사람은 둘만의 오붓한 새벽 시간을 보내며, 서서히 서로에 대한 감정을 무르익게 만들어가고 있는 중이었다.

조명은 간접 등만 살짝 켜두어 은은한 상태였고, 동원은 천천히 뒤에서 이유리를 꼭 끌어안았다.

이유리는 동원의 넓은 가슴, 그리고 근육이 보기 좋게 오른 팔뚝이 만들어낸 품에 자연스럽게 안겨 두 눈을 감았다.

동원의 따뜻한 손길이 이유리의 몸을 천천히, 조심스럽게 훑고 지나갈 때마다 그녀의 입에서 때로는 약하게, 때로는 짧게 신음 소리가 터져 나왔다.

"오빠……."

살짝 떨리는 듯한 목소리가 이유리에게서 흘러나왔다.

"응."

"우리… 계속 함께일 수 있겠죠?"

홍조를 띤 이유리의 얼굴은 평소보다 한결 더 도발적이게 느껴졌다.

그녀의 눈가에는 촉촉하게 눈물 아닌 눈물이 고여 있었다.

그녀는 걱정하고 있었다.

자신보다 더 치열하게, 더 강력한 적과 상대해야 할 동원이 무사할 수 있을지…….

내색은 하지 않았지만, 속으로는 몇 번이고 두려워질 만큼 걱정이 됐던 것이다.

"걱정하지 마. 유리 곁을 떠나지 않을 테니까. 우린 갈 때도 반드시 함께, 돌아올 때도 반드시 함께일 거야."

"오빠… 오빠, 사랑해요. 오빠는 정말 내게 소중한 사람이에요. 잃고 싶지 않아."

"나도 마찬가지야. 내가 살아 있는 한, 그 어느 누구도 유리를 위험하게 만들 수는 없어. 내가 반드시… 지켜줄 거야, 반드시."

"아……!"

굳은 의지가 실린 한마디에 자연스럽게 이유리의 몸을 어루만지던 동원의 손에도 힘이 들어갔다.

두 남녀는 그렇게 욕실 속에서 서서히 더 깊은 사랑을 나누기 위한 발판을 만들어가고 있었다.

"날이 밝아 와요, 오빠."

"시간 참 빠르군. 정말 빨라."

새벽 6시가 되자, 서서히 동이 트기 시작했다.

동원과 이유리는 향기가 물씬 풍겨나는 이불을 함께 덮은 채, 알몸인 채로 서로를 꼭 끌어안고 체온을 느끼고 있었다.

불같은 시간이 지나가고, 두 사람은 창밖으로 보이는 새벽녘의 별들을 조용히 음미하고 있었다.

"오빠, 사랑해요. 정말 사랑해요."

"나도 정말 사랑해."

조금은 오글거릴지도 모르는 사랑 표현이었지만, 두 사람은 서로를 마주 보고 애정 어린 눈빛으로 감정을 교환했다.

우윳빛 피부라고 해도 과언이 아닐 이유리의 살결은 정말 부드러웠다.

동원은 마치 아기의 피부를 어루만지듯, 계속 이유리의 몸 여기저기를 살살 터치했다.

그때마다 이유리는 몸을 움찔거리며, 더욱 동원의 품속으로 안겼다.

동원의 딱 벌어진 어깨와 넓은 가슴은 체격이 좋은 편인 이유리도 어린 소녀처럼 느껴질 만큼 아늑했다.

원래의 동원은 이런 모습이 아니었다.

호리호리한 체형이 마른 몸이었지만, 스피어에서 퀘스트를 반복하고 힘과 근력 수치에 스피어 포인트를 투자하면서 외형이 비약적으로 변하기 시작했다.

이번 아도네스 행성에서 있었던 코어 획득으로 동원의 신체 변화는 정점을 찍었다.

동원은 최대한 자신의 힘을 억제하고 있었다.

이유리와 관계를 가질 때도, 이따금씩 이성 대신 감성이 자리하고, 더 강한 욕정이 타올라 몸에 힘이 들어가려 할 때도 참았다.

그렇게 하지 않으면 얼마나 강한 힘이 이유리에게 실릴지, 동원도 장담할 수 없었기 때문이다.

이제 날이 밝으면 떠날 시간이다.

동원은 습관적으로 자신의 스피어를 바라보았지만, 별다른 것은 없었다.

대기 시간은 0에 멈춰 있고, 더 이상 이제 카운트되는 시간을 보며 언제 스피어 안으로 입장해야 할지 신경 쓰지 않아도 된다.

"유리는 얼마나 남았지, 다음 퀘스트?"

"곧 들어가요. 15분 정도 남았어."

"자신 있지?"

"이제 그런 걱정은 좀 그만할 때도 되지 않았어요, 오빠? 걱정 말아요. 금방 다녀올 테니까. 아니, 다녀온 것도 모르겠지만. 눈 좀 붙여요. 마냥 잠을 안 잘 수는 없잖아."

"그럴까."

한바탕 격한 사랑을 나누고 난 뒤였기 때문일까.

졸음이 밀려왔다.

동원은 이유리를 꼭 끌어안은 채 잠시 눈을 붙이기로 했다.

어쩌면 지금이 마지막으로 편하게 눈을 붙여보는 시간일지도 모르겠다는 생각이 들었기 때문이다.

동이 트고, 약속한 시간이 됐다.

중국 지원에 선발된 대한민국의 스피어러들은 신속하게 차편을 이용해 공항으로 모였고, 정부에서 지원받은 전세기를 이용해 바로 중국으로 향했다.

매스컴에서는 스피어러들의 이번 방중(訪中) 목적과 향후의 계획, 그리고 현재 중국의 심각한 상황 등을 속보로 계속해서 전달했다.

전 세계의 관심은 스피어러들이 대거 집결하는 중국으로 쏠렸다.

그리고 유럽 쪽의 스피어러들은 아프리카 방면으로 이동했는데, 이유는 지금 중국을 방문하는 스피어러들과 비슷했다.

한편 동원을 포함한 정예 스피어러 전력들이 떠나 있는 동안, 대한민국 내에 남은 각 클랜의 간부들과 스피어러들은 사전에 미리 약속된 대로 모인 크리스탈을 이용해 포탈을 하나둘 제거하기 시작했다.

우선적으로 제거 대상이 된 것은 관리가 까다로운 산지나 섬 등에 위치한 포탈들, 그리고 브리그 족이나 스피어러의 전진 기지가 아닌 이그라드 족의 거점과 가까운 곳으로 이동하게 되는 포탈들이었다.

제거된 포탈 주변에 살던 사람들은, 매일 밤낮을 가리지 않고 시선이 향할 때마다 잡아먹을 것 같은 붉은빛이 타오르던 포탈이 사라지자 환호성을 질렀다.

그제야 사람들은 스피어와 스피어러, 그리고 자신들이 새로운 국면에 접어들었음을 깨달았다.

일반인들은 아직 상상조차 할 수 없는, 확인조차 할 수 없는 포탈 너머의 세계.

아도네스 행성에서 지구의 운명을 건 전투가 얼마 남지 않았음을.

아도네스 행성에 대해 사람들이 아는 것은, 그곳을 다녀온 스피어러들이 구두로 전해서 남긴 것을 토대로 CG 처리를 하여 만든 영상이나 그림이 전부였다.

그래서 사람들은 눈앞의 두려움은 사라져 다행이지만, 여전히 그 뒤에 숨겨져 있는 거대한 적이 있다는 사실에 두려워했다.

아직 전쟁은 끝난 것이 아니었다.

제3장
집결

    각국에서 출발한 스피어러들이 대거 집결하기 시작하자, 공항 일대는 그야말로 스피어러들로 인산인해를 이루었다.

    다양한 인종, 국가, 외모로 이루어진 사람들의 향연은 좀 처럼 보기 힘든 것이었다.

    모두가 저마다 다른 언어를 쓰는 사람들이었지만, 스피 어를 통해 언어 능력을 획득한 그들은 어렵지 않게 공용어 인 영어로 대화를 나누는 모습이었다.

    동원은 케인과 데이비스를 만나 반갑게 인사를 나눴다.

    다행히도 데이비스의 부상은 집중 치료가 효과가 있었다

고 했다.

게다가 데이비스는 양손잡이였기 때문에 부상을 입긴 했어도, 전투가 아예 불가능한 수준은 아니었다.

그래서인지 데이비스는 이번 중국행에도 동참했고, 동원과 다시 인사를 나눌 수 있었다.

공항 앞에는 미리 계획된 대로 스피어러들을 싣고 각지로 이동할 차량들과 또 다른 비행기들이 대기 중이었다.

이동하는 전세기 안에서, 그리고 도착한 이후로 계속해서 대화를 주고받으며 플랜을 짜고 있었기 때문에 인원 분배는 신속하게 이루어졌다.

동원과 이유리, 이정우, 김혁수, 서희는 예정대로 변이체들이 맹위를 떨치고 있는 가장 위험한 포인트로 배정받았다.

동원과 동료들이 원했던 것으로 변이체들에게 거의 장악당한 중국의 어느 마을로 배정이 됐다.

이 작전에는 동원과 블랙 헌터의 간부들뿐만 아니라, 대한민국에서 선발되어서 온 스피어러의 대다수가 투입됐다. 그만큼 다수의 전력과 전투력이 필요한 지점이었다.

동원 일행은 다시 전세기에 몸을 실었다. 그리고 모두가 마치 약속이라도 한 듯 눈을 붙였다.

전투가 한 번 시작되면 언제 잠들 수 있을지 알 수 없는 만큼, 필요할 때마다 잠을 자두는 것은 필수였다.

*　　　*　　　*

"왜 심각한지 알 만할 것 같군."

"도대체 중국 놈들은 뭘 한 겁니까? 스피어러들이 전부 죽은 것도 아니고, 이 정도는 어떻게든 막을 수 있는 것 아닙니까?"

도착한 현장은 참혹했다.

마을 전체에서는 시체 썩는 냄새가 진동을 했다.

차라리 사람 시체만 있었더라면 그나마 나았을 것이다.

문제는 이 시체들에서 계속 자라나고 있는 기분 나쁜 변이체들이었다.

"인간의 몸을 숙주로 한 변이체 생산이라……. 조금만 더 코어 획득이 늦었다면, 정말 큰 변수가 될 뻔했어요."

화르르르륵! 끼헥!

서희가 이미 문드러질 대로 문드러진 시체 위에서 빠르게 자라나는 변이체를 불로 태워 죽이며 말했다.

모든 스피어러들이 하나같이 입을 모아 말하는 것이 바로 이 새로운 변종 변이체가 등장하기 전에 동원이 코어를 획득하고, 자그네트로 하여금 남은 코어를 흡수하게 만들어 다행이라는 것이었다.

지금 이 변종 변이체들은 지난 웨이브 당시 생산이 되어 웨이브에 참여하게 된 개체로, 중국 스피어러들의 전진 기지를 노리고 대규모가 투입되어 작금의 중국의 혼란스러운 상황을 야기시킨 개체들이었다.

당시 마지막 웨이브에서 생성된 변종 변이체들만 가지고도 이렇게 중국이 전 국가적으로 비상사태를 선언할 만큼 위기에 빠졌는데, 이런 변이체들이 계속해서 대량 생산되었다면 어찌 되었을지는 생각만 해도 끔찍할 정도였다.

"정리하죠. 안타깝지만 시체들은 전부 소각해야 합니다. 서희 씨, 수고해 줘야겠어요."

"수고는 무슨. 당연히 해야 할 일인걸요."

"초기 생성 단계의 새끼 변이체들은 강하지 않으나 수가 많으니, 유리가 속사를 이용해서 서희 씨를 보조해 줘. 우리 셋은 마을 중심부로 들어간다. 지금 이 마을뿐만 아니라, 주변 일대가 전부 변이체들에게 잠식당했어. 시간을 줄수록 변이체들의 수가 기하급수적으로 불어나게 된다."

동원은 신속하게 명령을 내렸다. 그러자 서희가 동원의 말을 이어받았다.

"남은 전력들은 제가 통제할게요. 그게 편하겠죠?"

"그렇게 해줘요. 이미 얘기가 된 부분이니 신속하게 서희

씨의 말에 따를 겁니다."

함께 온 동료들은 서희를 따라 마을 외곽에서부터 차례
대로 중심부로 들어가며, 전 방위적인 소탕 및 소각 작업을
벌이기로 계획되어 있었다.

다만 동원은 제대로 파악되지 않은 마을 중심부를 포함,
포탈이 있었던 지점을 집중적으로 확인하며 변이체들의 흔
적을 쫓을 요량이었다.

지금 수많은 변이체들이 시체를 양분 삼아 자라나고 있
는 배경에는 이런 식으로 숙주 관계를 만들어낸 개체들이
존재했다.

그 변이체들은 계속해서 이런 식으로 모체(母體)를 이용
해 급성장하는 변이체들을 만들어내고, 아울러 인간들의
시체를 자양분 삼아 획득한 힘으로 강력한 위력을 발휘했
다.

이들이 바로 변이체들의 컨트롤 타워였다.

스피어러들은 이들을 가칭 '커맨더' 라고 불렀다.

다양한 내성을 함께 가지고 있고, 동시에 인간들을 살상
하는 것이 아니라 '섭취' 하여 이를 힘의 근원으로 삼는 존
재들.

이들은 어지간한 스피어러들도 상대하기 껄끄러울 정도
로 강력했기 때문에 동원과 동료들의 힘이 절대적으로 필

요했다.

끼에에엑! 끼에에엑!

서희가 만들어낸 불길이 시체를 맹렬히 태울 때마다, 그 안에서 비명이 터져 나왔다.

이것은 사람의 것이 아닌 변이체들의 비명 소리였다.

코를 찌르는 악취, 그리고 처참한 광경에 인상을 찌푸릴 법도 하지만… 이미 그것보다 더 참혹한 전장에서 살아 돌아온 스피어러들은 일체의 표정 변화 없이 묵묵히 자신들의 할 일을 진행해 나갔다.

"키에에에엑!"

여기저기 마을이 불타면서 만들어낸 검은 연기들로 자욱해진 공간을 동원과 이정우, 김혁수가 지날 무렵, 숨을 죽이고 숨어 있던 변이체들이 일제히 여기저기서 기습을 해왔다.

커맨더는 아니었다.

한눈에 봐도 작은 변이체들이었지만, 공격은 날카로웠다.

게다가 스피어러들을 보자마자 바로 반응한 것이 아니라, 자신들이 노리는 반경까지 들어오길 기다린 것이 과거와는 다른 변이체들의 지능이었다.

휘이이이익, 뻐억!

"케헥!"

하지만 동원을 노린 변이체의 최후는 그리 좋지 못했다.

동원은 자신을 향해 정면으로 날아온 변이체의 아래턱을 그대로 후려쳤다.

정말 무심하리만치 표정이나 움직임의 변화 없는 무미건조한 펀치였다.

하지만 그 한 방에 변이체는 그 자리에서 아래턱이 부스러진 과자처럼 산산조각이 났다.

그리고 체액을 잔뜩 토해내며 그대로 공중으로 날아올라서는 그대로 숨이 끊어져, 지면으로 낙하했다.

바닥에 얼굴을 직각으로 처박은 변이체는 자신이 죽었다는 사실조차 인지하지 못했는지, 눈을 부릅뜬 채로 차가운 지면을 매섭게 내려다보고 있었다.

"……."

"이 작업, 우리가 필요하지 않을 수도 있겠다는 생각이 드는군요."

정말 가볍게 후려친 한 방에 변이체의 숨통이 끊어지자, 이를 지켜보던 이정우와 김혁수는 벙한 표정을 지었다.

잠시 잊고 있었지만, 그랬다.

눈앞의 이 남자.

네 개의 코어가 가진 신성한 힘을 손에 넣은 남자, 바로 동원이었던 것이다.

소탕 작업은 신속하게 진행됐다.

동원의 움직임에는 거침이 없었고, 앞을 가로막는 변이체들은 이유를 불문하고 제거됐다.

폐허가 된 도시 곳곳에서 드디어 커맨더가 모습을 드러냈다.

그들은 일반 변이체들보다 더 컸고, 좀 더 강한 내성을 가지고 있었다.

물리적인 내성을 가지고 있는 경우, 이정우나 김혁수는 자신들의 공격을 정신적인 데미지, 그러니까 마법적 데미지로 전환해 주는 장치를 이용해야 했는데 워낙에 맷집이 좋아 커맨더들이 쉽게 당하지 않았다.

왜 중국의 스피어러들이 고전했는지 충분히 예상할 수 있을 만큼 강력한 녀석들이었다.

이정우나 김혁수도 커맨더 하나를 처리하는 시간이 꽤나 오래 걸렸고, 그러는 사이 커맨더들은 시가지 곳곳에 쓰러져 있는 시체들에 새끼를 낳아 변이체들을 급성장시켰다.

걸쭉한 초록빛 체액을 시체 위로 뿌릴 때마다, 마치 빨리 감기를 한 것처럼 변이체들이 신속하게 자라났다.

하지만 고전하고 있는 것은 두 사람뿐이었다.

동원에게 걸린 커맨더들의 운명은 순식간에 정해졌다.

동원은 한 치의 망설임도 없이 커맨더들을 공격했고, 동원의 상상을 초월하는 공격력 앞에서는 내성도 소용없었다.

코어의 힘으로 강화된 동원의 능력은 내성 정도로 무시할 수 있는 수준이 아니었다.

커맨더들도 그동안 상대했던 스피어러들과는 달리 엄청난 데미지가 전해지는 동원의 공격을 받고는 제대로 정신조차 차리지 못했다.

'터진다' 라는 말이 어울릴 정도로 동원의 공격에 비명을 내지르던 커맨더들이 여기저기서 쓰러져 갔다.

너덜너덜해진 외피를 타고 체액이 쉴 새 없이 흘러내렸고, 아직 부화되지 못한 새끼들이 체액을 따라 힘없이 주르륵 흘러내렸다.

동원의 무심한 발길이 숨을 헐떡이고 있는 새끼들을 내리밟았고, 그때마다 기분 나쁜 퍽 하는 소리가 나며 생명의 불씨가 꺼지는 소리가 들렸다.

동원은 무아지경이었다.

전장을 누비며 보이는 커맨더들은 신속하게 처치했다. 동원 앞에서는 도망쳐도 소용없었다.

사태의 심각성을 느꼈기 때문일까?

커맨더들은 여기저기 떨어져 있던 동료들을 한데 모으기 시작했다.

변이체들도 모여들었고, 어느새 동원은 전장의 안개 한가운데서 그들에게 포위당한 꼴이 되어버렸다.

워낙에 시계가 좁았기 때문에 동원도 이 사실을 인지하지 못했다.

동원을 에워싸듯 배치된 커맨더와 변이체들은 일거에 동원을 향해 공격을 퍼붓기 시작했다.

완벽한 수적 우위.

이 정도라면 남들과는 조금 다른 스피어러 하나 정도는 어렵지 않게 처리할 수 있을 것이라 생각했다.

지금까지의 전투도 그래왔고, 꽤나 능수능란하게 싸웠던 스피어러들이 그렇게 또 제거되었기 때문이다.

하지만 커맨더들의 생각은 완벽하게 빗나갔다.

그들이 받아 든 결과물은 전멸이었다.

동원은 이제 변이체 한둘, 아니 한 무리 따위로는 생채기조차 낼 수 없는 강력한 스피어러가 되어 있었다.

그의 시선은 이그라드 족의 로드 '자그네트'와 동등한 위치에 있었다.

이 점까지 인지하지 못한 커맨더들의 최후는 참혹했다.

변이체들은 동원의 건틀릿이 스치고 지나갈 때마다 풍선

처럼 펑펑 터져나갔고, 커맨더들은 속절없이 무너지는 자신들의 모습에 낙담하며 죽어갔다.

＊　　　＊　　　＊

중국 전역에서 이와 같은 소탕 작업이 활기를 띠며 전개됐다.

처음에는 많은 수의 스피어러들이 커맨더와의 첫 대면에 고전하는 모습이었지만, 기동성이 크게 떨어지는 커맨더들은 정예로 편성된 스피어러 부대 앞에서 오래 버티지는 못했다.

중국에 집결한 스피어러들은 하나같이 각국에서 상위 클래스를 차지하고 있는 최정예 부대였다.

당장 이들을 놓고 스피어러 전체의 서열을 매긴다고 해도, 최소한 1000위 안에는 들어가는 스피어러들이었다.

커맨더들이 제거되자, 증식에 증식을 거듭하던 변이체들의 증가세에 제동이 걸리고, 감소세에 접어들기 시작했다.

갓 태어난 변이체들은 강하지 못했고, 이들을 키워줄 수 있는 커맨더의 수가 줄어 발육이 진행되지 못했다.

이런 변이체들은 말 그대로 스피어러들에게는 한주먹거리도 되지 않았고, 도리어 스피어 포인트만 제공하는 역할로 전락하고 말았다.

이제부터는 시간 싸움이었다.

중국 정부의 대대적인 지원 속에 스피어러들은 해당 포인트의 '정상화'가 끝나면, 바로 다음 장소로 이동했다.

거리에 따라 군용 버스를 이용하는 경우가 종종 있었지만, 웬만해서는 단거리는 경비행기나 원거리의 경우에는 전세기를 통해 이동했다.

이동 중이 아니면 휴식이 거의 없는 강행군이었지만, 스피어러들이 체력적 부담을 감수하고서라도 이렇게 움직이는 것은 각국에서 들려오는 기분 좋은 소식들 덕분이었다.

더 나아가 시간적 여유가 없었기 때문이기도 했다.

아프리카 쪽으로 파견된 유럽의 스피어러들도 계속해서 소탕 작업을 벌이고 있고, 가시적인 효과를 보고 있다는 소식이었다.

그쪽은 중국보다는 상황이 나아, 작업에 어려움을 겪지 않는 듯했다.

*   *   *

"끼긱, 끼긱, 기기기기긱……."

퍼석!

"갈 거면 곱게 가라. 개소리 지껄이지 말고."

"……!"

마지막 신음을 토해내던 커맨더가 이정우의 발길에 물렁해진 머리가 반 토막 나며 그대로 즉사했다.

"하아."

동원은 그제야 그동안 참아왔던 한숨을 내쉬었다.

가장 필요한 작업이었고, 안정화를 위해 그 무엇보다 필요했던 커맨더들은 99%가량 정리됐다.

이 작업에만 꼬박 2일이 걸렸다. 잠을 자는 시간조차 아껴서 진행해온 강행군의 결과였다.

도주한 1%의 커맨더들은 중국 소속의 스피어러들이 맡기로 했다.

산속 깊은 곳으로 도망간 탓에 좀 더 장거리 추적이 필요했기 때문이다.

1% 정도 규모의 커맨더라면 기껏해야 몇 안 되는 수였고, 이 정도는 중국의 스피어러들도 얼마든지 처리할 수 있었다.

"이제 오염지대의 처리가 남았네요. 중국이 오염지대의 규모와 개수가 가장 많아요. 앞서 브리핑에서도 한 번 이야기가 됐었지만, 이 오염지대만 모두 정화해도 상당수의 포탈들을 제거할 수가 있어요. 어차피 아도네스 행성으로 연결이 필요한 포탈의 개수는 많지 않고, 웬만한 것들은 처리해 두는 게 좋을 테니."

"중국 쪽의 포탈이 가장 쓸모가 없습니다. 이그라드 족과 너무 거리가 가까워서, 오히려 포탈이 있는 게 껄끄러운 상황이죠. 이 부분은 중국 정부도 동의하고 있고, 원활하게 컨트롤이 가능한 몇 개의 포탈들만 남기길 원한다고 하더 군요."

서희의 말에 김혁수가 내용을 보탰다.

더 이상 포탈이 스피어러들을 강화하기 위한 수단이 아니게 되면서, 이제는 각국마다 포탈이 처리해야 할 대상이 되었다.

물론 포탈 전부가 그 대상이 되는 것은 아니었다.

왜냐하면 아도네스 행성과의 연결점이 되는 중요한 포탈이 있는 데다, 향후 이 전쟁이 스피어러와 브리그 족 연합의 승리로 끝날 경우… 브리그 족의 고등 문명과 접점을 마련할 수 있는 수단 또한 포탈이었기 때문이다.

단, 지금처럼 필요 이상으로 많은 포탈들은 제거할 필요가 있었고, 오염지대가 가장 많은 중국은 부족한 크리스탈을 보충하기에는 최적의 장소였다.

"다음 이동 일정은 여섯 시간 뒤로 잡혔으니, 그때까지 푹 쉬도록 합시다. 다시 강행군이고, 언제 이 강행군이 끝날지 알 수 없으니."

동원의 지시에 누가 먼저랄 것도 없이 모두가 자리에 그대로 널브러졌다.

여기저기서 변이체들 특유의 누린내가 났지만, 이미 그런 냄새에 익숙해진 스피어러들은 신경조차 쓰지 않았다.

이정우와 김혁수는 눕자마자 그대로 잠이 들었고, 서희도 마침 자신이 봐놓은 바위 근처에 머리를 살짝 기댄 채로 잠이 들었다.

등 대고 앉기 좋은 나무를 선점한 동원과 이유리는 서로 손을 맞잡은 채 잠시 눈을 감았다.

"고생했어요, 오빠."

"이제부터 시작이야. 더 힘내자."

"알았어요."

꼭 맞잡은 이유리의 따뜻한 손이 피로 가득한 전장의 차가움과 맞물려 더 아늑하게 느껴졌다.

동원이라고 해서 지치지 않는 것은 아니었다. 계속된 강행군, 휴식이 필요했다.

*　　　*　　　*

이후의 행보는 그야말로 속도전이었다.

전 세계의 스피어러들은 자신들의 국가에 남아 있는 변이체들의 잔재를 없애기 위해, 오염지대 정화에 정예 전력을 모두 투입했다.

정화는 빠르게 이루어졌고, 그때마다 다량의 크리스탈이 입수됐다.

지도에 표시된 오염지대는 계속해서 그 수가 줄어갔다.

그리고 보랏빛 대지와 기분 나쁜 냄새들, 변이된 식물로 가득했던 오염지대는 서서히 원래의 모습을 되찾아갔다.

비정상의 정상화.

현실에 있어서는 안 되는 것들은 점점 사라져 가고, 그 자리를 원래의 것들이 다시 채웠다.

변이체들의 수는 이제 그 모습이 생각나지 않을 만큼 줄어들었고, 각지에서 생존한 변이체들이 소탕될 때마다 민간인들은 환호성을 내질렀다.

정리가 끝나가고 있었다.

*　　　*　　　*

[서울역 앞에 위치하여 비극적인 운명의 산물로 간주되었던 서울 스퀘어 앞의 포탈이 금일 자정을 기해 사라졌습니다. 다수의 크리스탈이 투입된 이번 서울 스퀘어의 포탈

제거로 인해 앞으로 통행이 자유로워질 전망입니다. 안개가 걷힌 자리에서는 신원 미상의 시신이 다량 발견되었으며, 정부 당국은 해당 시신의 신원을 파악하기 위해 총력을 기울이기로 했습니다. 아울러 현장에서 발견된 시신 중에는 포탈이 생겨났던 그날, 현장에 취재를 나가 있었던 이대수 기자의 시신이 있었던 것으로 알려져 더욱 안타까움을 자아내고 있습니다.]

"후우."

"어때, 오빠. 개운해요?"

"최고지."

이유리가 동원의 방 안에서 뉴스 속보를 보는 동안, 동원은 그동안 제대로 하지 못했던 샤워를 끝내고 나왔다.

하늘의 도움일까, 그저 정해진 운명이 이러했기 때문일까?

다행히 변이체 소탕 작업과 오염지대 정화를 마치고 돌아올 때까지 아도네스 행성에서는 아무 일도 없었다.

어제까지 확인된 바에 따르면, 자그네트는 계속해서 병력을 모으고만 있다고 했다.

다만 그 수가 계속해서 불어나고 있어 신경이 쓰이는 부분이 있다는 것인데, 그중에서도 고무적인 소식은 브리그 족의 별동대가 이그라드 족의 거점 몇 곳을 급습하여 상당수의 전사들을 제거했다는 소식이었다.

흘러가는 상황으로 봐서는 마지막 휴식, 그러니까 오늘 밤이 지나고 나면 아도네스 행성으로 떠날 준비를 해야 할 것 같았다.

이제 지구에 남을 스피어러들이 뒷일을 책임져 줄 것이다.

이제는 스피어러와 정부가 밀착 공조(共助)를 통해 문제를 해결해 나가고 있었고, 앞으로 필요한 것은 크리스탈을 이용해 지속적으로 전국의 군소 포탈들을 제거하는 것인만큼 어려운 것은 없었다.

"눈을 좀 붙여볼까……?"

"그래요. 너무 피곤해요, 나도."

이유리가 TV를 끄고.

동원이 불을 끄며 자연스럽게 이불 속으로 파고들었다.

새삼 이불 속이 따뜻하게 느껴지는 밤이었다.

너무 피곤했던 탓일까.

서로를 마주본 채 잠이 든 두 남녀는 새근새근 숨소리만 내며 정말 쥐 죽은 듯이 잠들어 버렸다.

아무 꿈도 꾸지 않았고, 아무런 생각도 하지 않았다.

아무것도 보이지도, 들리지도, 느껴지지도 않는 시간.

완벽한 수면의 시간이었다.

─동원, 들리나? 들리는가?

"흐음… 장로, 장로님."

깊은 잠에 빠졌다고 생각했는데, 스피어를 통해 들려오는 목소리에 동원은 바로 눈을 떴다.

현재 시각 새벽 3시.

아직 한밤중이었지만, 하루하루가 강행군의 연속인 스피어러에게는 밤낮이 따로 없었다.

─그들이 움직일 조짐을 보이기 시작했네.

"…알겠습니다. 준비하겠습니다."

드디어 올 것이 왔다.

오히려 생각보다 늦게 벌어진 일이었다.

이제…

가야 했다.

승리, 아니면 패배.

양자택일만이 가능한, 결과를 얻기 위한 아도네스 행성으로 말이다.

제4장
잠재 능력

　전국, 아니 전 세계의 포탈 앞은 아도네스 행성으로 떠나는 스피어러들을 배웅하기 위해 나온 사람들로 인산인해를 이루고 있었다.

　관심은 언론과 매스컴이라고 당연히 예외는 아니어서, 각 포탈마다 다수의 취재진들이 배치되어 행성으로 떠나는 스피어러들의 모습을 빠짐없이 담았다.

　이번 아도네스 행성으로의 이동은 D랭크 이상의 스피어러라면 거의 빠짐없이 참여하도록 되어 있었다.

　사실상 8할에 가까운 전력이었는데, 나머지 1할의 스피어러들은 오래전부터 활동하지 않고 랭크만 유지해 온 스피어러들로 전투에서의 이용 가치가 떨어지는 사람들이 대부분이었다.

그리고 남은 1할은 계속해서 포탈을 제거하고 그 지역 언저리에서 나오는 자잘한 생존 변이체들을 제거하는 임무를 맡게 될 것이다.

"형님!"

"오지 말라 그렇게 말했는데……."

"어찌 그냥 있을 수가 있습니까. 가시는 모습이라도 지켜봐야지요. 그러지 않고서는 이 죄책감을 씻을 수 없을 것 같았습니다. 정우 형님, 혁수 형님, 서희 누님, 유리… 모두 꼭 살아 돌아오길."

"후후, 아직 제삿밥 먹기에는 이르지."

"곧 봅시다."

"몸조리 잘하고들 있어요. 두 사람 몫까지 확실하게 싸우고 올 테니까."

"오빠, 다녀올게요."

김단비의 만류에도 불구하고 기어이 그녀를 졸라 불편한 몸을 이끌고 현장에 도착한 황찬성, 황찬열 형제는 굵은 눈물을 흘리며 각각의 동료들과 인사를 나눴다.

주변에서는 쉴 새 없이 카메라 플래시가 터졌다.

하지만 직접 인터뷰를 하러 오는 기자들은 없었다.

동원이 앞서 서면으로 각 언론사에 필요한 내용들을 전달했고, 과도한 관심과 취재로 전력으로 전투에 임해야 할 스피어러들에게 감정적, 심정적 부담을 주지 않길 바랐기 때문이다.

항상 특종과 인터뷰에 목을 매는 언론들도 이번만큼은 그렇게 하지 않았다.

지구의 명운이 걸린 전투를 앞두고, 속보니 단독 보도니 하는 말들로 인기를 누리려는 행위가 부질없다 여겨졌기 때문이다.

"아들, 꼭 살아서 돌아와야 한다!"

"걱정 마세요, 어머니. 저기 그 누구도 함부로 할 수 없는 우리 리더가 있잖아요. 리더가 있는 한, 우리는 무적이에요, 어머니!"

"아이고, 잘 부탁합니다……. 꼭, 꼭 잘 부탁합니다!"

"제 목숨을 걸어서라도 이 전쟁을 끝내기 위해 모든 것을 바치겠습니다."

"아이고… 미안합니다. 미안합니다…….'

동원은 걱정 어린 마음으로 자신들의 자식을 전장으로 보내는 부모, 친지, 친구, 연인과도 인사를 나눴다.

그들의 걱정을 어찌 모를 수 있을까. 이해할 수 있었다.

동원은 그럴수록 더욱 무거워지는 책임감을 느꼈다.

목숨을 걸어서라도, 라는 말은 허투루 하는 말이 아니었다.

이제는 이 지긋지긋한 전쟁의 끝을 보고 싶었다. 원하지 않았던 악연의 시작. 이제는 그 끝을 보아야만 한다.

"자, 이제 모두 출발한다!"

정해진 시간이 되자, 동원이 손을 들어 신호했다.

그러자 사람들과 인사를 나누던 스피어러들이 일제히 집결했고, 포탈을 향해 묵묵히 걷기 시작했다.

여기저기서 환호성과 격려의 목소리가, 또 한편에서는 안타까움과 걱정스러움의 슬픈 목소리가 터져 나왔다.

다시는 돌아오지 못할 전장으로 보내는 것처럼 서럽게 우는 이들도 있었다.

동원은 묵묵히 걸었다.

그리고 그 뒤를 따르는 동료들과 클랜원들도 모두 결연한 표정으로 전진했다.

속으로는 불안함과 걱정스러움이 있을지 몰라도, 내색하지는 않았다.

그들은 동원을 믿었고, 자신들이 소속된 클랜을 믿었다.

블랙 헌터는 대한민국 클랜의 중심이었고, 리더는 엄청난 힘을 가진 스피어러였다.

스으으윽.

붉은빛 안개 속으로 가장 선두에 선 동원의 모습이 사라지고, 이어서 스피어러들이 하나둘 사라졌다.

처음에는 절대 접근조차 할 수 없는 죽음의 구역처럼 여겨졌던 이 안개지대가 이제는 별것 아닌 공간이 되어버렸다.

그때만 해도 이 안개 속을 들어갈 수 있으리라고는 어느 누구도 상상하지 못했다.

그저 안개를 뚫고 나오는 변이체들을 상대하기 바빴고, 시간이 흘러서는 이 변이체들을 이용해 강해지는 방법을 생각하기에 바빴다.

그래서 포탈 하나를 놓고도 수많은 클랜들이 이권 다툼을 했고, 그 과정에서 의도치 않게 피해를 본 스피어러들도 생겨났다.

포탈과 변이체가 가져다준 이익을 충분히 취할 수 없었던 스피어러들은 스피어 퀘스트, 그리고 아도네스 행성에서의 전투에서 부족한 자신의 실력으로 인해 목숨을 잃었다.

이런 갈등과 대립의 영향으로 중국과 일본은 지금도 제대로 된 정예 스피어러 부대조차 꾸릴 수 없어, 내부 상황을 정리하기에도 바빴다.

만약 이 전쟁이 끝나고, 스피어러로 이루어진 이른바 '능력자 집단'이 생겨나게 된다면… 가장 큰 피해를 보게 될 아시아의 두 나라는 바로 중국과 일본이 될 터였다.

스피어러들의 능력과 힘, 가진 무기들은 현대 문명의 수준을 몇 단계 앞서는 것이었고, 그래서 더 기대하는 점이 많았다.

게다가 이들은 브리그 족과 연대가 되어 있는 만큼, 긍정적인 방향으로 상황이 흘러간다면 차후에 기대가 되는 점들도 많았다.

"후우."

포탈의 바로 앞에서 동원이 잠시 멈춰 섰다.

동원이 멈춰 서자, 뒤를 따라오던 스피어러들도 일제히 멈춰 섰다.

평생을 무교로 살아온 동원이지만, 이번만큼은 꼭 기도를 하고 싶었다.

자신의 목숨을 부지하기 위해서? 아니었다.

지금 자신의 뒤를 따라오고 있는 수많은 스피어러들, 그리고 같은 시간대에 함께 포탈을 넘어가고 있을 전 세계의 스피어러들이 무사히 다시 가족들의 품으로 돌아가기를 바라는 마음에서였다.

"……."

동원이 잠시 눈을 감고 묵묵히 기도를 하자, 스피어러들도 모두 저마다 자신들이 믿는 종교의 방식대로 기도를 올렸다.

세상을 창조한 신이 있다면, 꼭 자신들을 보살펴 주기를 바랐다.

그렇게 기도를 마치고…

동원은 힘껏 발걸음을 내디뎠다.

자연스럽게 이글거리는 포탈의 공간 속으로 몸이 빨려들고.

다시 주변의 공간들이 재조합되었을 때, 자신과 동료들은 하늘을 온통 수놓은 별들로 가득한 아도네스 행성의 전진 기지에 도착해 있었다.

그리고 그 자리에는 일찌감치 나와 동원 일행을 기다리고 있었던 브리그 족이 도착해 있었다.

* * *

"코어의 힘에는 숨겨진 비밀이 있네. 이것은 그대와 자그네트에게 공통으로 적용되는 부분이지. 코어는 태생적으로 힘의 근원이었기 때문에 더 많은 잠재력을 가지고 있네."

"좀 더 자세히 설명해 주십시오."

다른 간부들이 아도네스 행성의 돌아가는 정세와 적군인 이그라드 족의 배치 형태를 확인하는 동안, 동원은 대장로 알베르와 장로 세비오르를 만났다.

앞서 이야기하기로 했던 코어의 숨겨진 비밀에 대해 듣기 위해서였다.

"현재 그대에게는 네 개의 코어의 힘이 있지. 자그네트에게는 세 개가 있어. 다만 자그네트는 이그라드의 로드 (Lord)로서 가진 고유의 강력한 힘이 있고, 이로 인해 그대보다 코어의 힘은 하나 부족하지만 전체적인 힘에서는 그대보다 앞설 것이네."

"각오하고 있습니다."

"그럼에도 불구하고 이 전투가 승산이 있다고 판단하고, 우리 브리그 족의 전부를 걸기로 한 것은 코어에 담겨진 힘의 비밀 때문이야. 지금 코어를 보유한 것으로도 충분히 강해졌지만, 그 코어를 어떻게 '소진'하느냐에 따라 전투의 양상이 달라질 수 있기 때문이야."

"소진이라고 하셨습니까? 코어가 사라지는 것이 있습니까?"

"그렇다네."

알베르가 꺼낸 새로운 이야기에 동원의 관심이 높아졌다.

코어 자체가 각각의 특성이 있고, 이로 인해 자신의 능력이 극대화되었다는 것은 이미 직접 깨닫고 느낀 것으로 알고 있었다. 하지만 코어의 힘을 '소진' 해서 또 다른 능력을 얻을 수 있다는 것은 알지 못했던 것이다.

"총 일곱 개의 코어에는 각각의 특성이 있네. 코어를 흡수하면 물리적인, 그러니까 육체적인 힘의 급상승이 일어나게 되지. 거기서 코어의 힘을 더 이끌어내기 위해서는 코어를 소진하여 보유한 코어의 힘을 줄이되, 그 안에 봉인되어 있던 힘을 이끌어내는 것이네."

"예를 들어주셨으면 합니다. 코어가 소진되는 순간, 그로 인해 강해졌던 힘은 사라지는 게 아닙니까?"

동원은 합리적인 궁금증을 바탕으로 한 질문을 던졌다.

코어를 통해 동원은 2배 이상의 물리적, 신체적 능력의 향상을 경험했다.

그런데 이 과정에서 코어 하나를 소진하여 코어가 사라진다면, 그만큼 힘이 줄어드는 것이 아닌가 싶었던 것이다.

"소진하여 얻은 능력의 유효기간이 끝난다면 그렇게 되겠지. 하지만 이 세계에서 코어의 힘을 손에 넣은 존재는 그대와 자그네트밖에 없어. 이것은 즉……."

"저 또는 자그네트가 쓰러지면 끝나는 전쟁이기도 하단 말씀이시겠군요."

"그렇네. 결국 그 코어의 힘을 소진해서 노려야 할 상대는 수많은 전사들도, 변이체들도 아니네. 바로 최대의 적인 상대지."

"어떤 말씀이신지 이해했습니다."

동원은 바로 말의 핵심을 짚었다.

백중세인 동원과 자그네트, 서로의 힘의 균형을 깨기 위해서 전략적으로 코어 속에 봉인된 힘을 한 차례 더 끌어올릴 필요가 있다는 것이다.

과거의 전장에서 수천수만의 군사를 지휘하는 장수가 죽으면 전투가 일방적으로 흘러가며 끝이 났듯… 이 전투 역시 다를 것이 없다고 보고 있는 것이다.

동원의 생각도 다르지 않았다. 그만큼 자신과 자그네트가 가진 코어의 힘은 어마어마했다.

"코어의 힘을 소진하는 순간, 약 10분의 시간 동안 기존에 가진 코어의 능력을 유지하면서 새로운 힘을 얻게 되지. 그대가 얻은 네 개의 코어에는 각각 다음과 같은 능력이 담겨 있어. 신체 능력 추가 5배 강화, 즉각적 체력과 상태 회복, 상대의 물리적 방어 능력을 지속 시간 동안 무시, 그리고 10초간 코어의 힘으로 둘러진 무적 상태를 유지하는 것."

"자그네트의 힘은 무엇입니까?"

"신체 능력을 7배 이상 강화하고, 자신과 연계된 개체들… 그러니까 숨이 끊어진 모든 변이체들을 즉각적으로 부활시킬 수 있으며, 소진되는 체력만큼 반비례하게 증가하는 힘을 경험할 수 있게 되네."

"변이체들을 즉각적으로 부활시킬 수 있는 힘……. 전투가 까다로운 양상으로 전개되겠군요."

"우리가 상대해야 할 모든 변이체들에게 한 개의 목숨이 더 있게 되는 셈이지. 그렇다고 해서 변이체들을 제거하지 않을 수는 없어. 결국 두 번 죽인다는 생각으로 전투에 임해야만 해."

"코어 한 개의 우위. 그 우위를 제가 얼마나 효과적으로 잘 사용하는지에 대한 문제가 될 것 같습니다, 대장로님."

"그 선택에 대해서는 그 어느 누구도 조언을 해줄 수 없네. 로드께서 선택한 힘과 운명의 결정권은 자네에게 있고, 그것은 매우 고결한 것이네. 그대가 하는 선택이 로드의 안배인 것이고, 그대가 만들어갈 운명의 그림인 것이야."

"생각을 좀 해도… 되겠습니까?"

"시간이 많지는 않네."

"알고 있습니다. 자그네트와의 전투를 그려나갈 수 있는 약간의 시간을 주십시오. 그 시간은 꼭 필요할 것 같습니다."

"그리하게. 그동안 나는 그대들의 동료들을 만나, 더 많은 사실들을 전하도록 하지."

"예. 감사합니다, 대장로님."

"세비오르, 이동하지."

"옛."

자신에게 주어진 네 개의 힘.

그리고 적에게 주어진 세 개의 힘.

분명 힘의 개수와 능력에서 우위에 서 있는 것은 사실이지만, 동원은 자그네트뿐만 아니라 그의 곁을 지키고 있다는 일곱 명의 전사들에 대해서도 신경을 쓰지 않을 수 없었다.

게다가 자그네트와의 전투가 단순히 동원 자신과 자그네트와의 일대일 전투가 될 것이라는 예상도 할 수 없었다.

만약 자그네트가 주변에 까다로운 변이체들을 대거 포진시킨다면, 자그네트가 가진 변이체 부활 능력은 동원에게 매우 큰 장애물이 될 것이다.

항상 시합을 앞두고 쉐도우 복싱을 해왔던 것처럼… 이번에도 생각이 필요했다.

자그네트는 한 종족을 지휘하고 있는 수장이자 전장에서 잔뼈가 굵은 존재였고, 절대 만만히 볼 수 없었다.

"모든 전력을 끌어모을 것이라 예측은 했지만… 이렇게 되면 쉽게 흘러가지는 않겠는데요?"

"이참에 스피어러들을 모두 제거하고 지구로 넘어갈 교두보를 확실하게 마련하려는 걸지도요. 어쨌든 포탈을 넘어가는 면역성을 확보하는 방법은 알고 있으니… 결계만 해제하면 언제든 넘어갈 수 있는 거니까."

"전선은 이렇게 짜놓고, 가장 중요한 녀석들은 멀찍이 떨어진 곳에 자리를 잡고 있다, 이건데. 흐음."

동원이 조용히 생각에 잠겨 있는 동안 간부들은 브리그 족으로부터 브리핑받은 내용을 토대로 다시금 전황을 숙지하고 있었다.

그중에서 가장 충격적인 사실은 이그라드 족이 이번 전투를 위해, 자신들이 식민지화한 행성에서 전투 전력과 남은 변이체들을 모두 끌어모았다는 것이었다.

문제는 그 변이체들의 수가 상당한 데다 대다수가 광역 자폭 공격을 펼치는 까다로운 놈들이라는 점이었다.

게다가 증원된 전사들은 식민지에서 크고 작은 전투를 수시로 치르면서 단련된 정예들로, 비교적 신예가 많았던 아도네스 행성의 전사들보다 훨씬 강력한 전력이었다.

이렇게 되니 당초 파악된 이그라드 전력의 규모가 두 배 이상 불어났다.

여기에 지금도 포탈을 통해 속속 전력이 증원되고 있는 중이라고 했다.

브리그 족이 앞서의 기습 공격에서 정예 전력 일부를 처치하는 성과를 올리지 못했더라면, 당장 위험에 빠졌을 법한 스피어러들의 전진 기지가 꽤 되었다는 것이다.

"가장 격전지가 될 것으로 보이는 곳은 바로 여기입니다."

아소그가 허공에 만들어진 입체 화면 속의 한가운데를 가리켰다.

아소그와 에제르는 이제 동원 일행과 친구보다도 더 가까운 사이가 되어 있었다.

물론 서로에 대한 존중을 토대로 한 관계이기에 존대를 하기는 했지만, 관계는 매우 가까웠다.

그래서 아소그와 에제르는 보고 들은 것을 토대로 자세하게 만든 지도를 입체화하여, 블랙 헌터의 간부진들에게 보여주고 있었다.

"에스가드 평원."

"하아, 진형이 썩 좋게 꾸려질 것 같지가 않은데."

이정우가 인상을 찌푸렸다.

누가 봐도 이건 지키는 쪽이 유리한 공간이었다.

평원이지만 이그라드 족이 차지하고 있는 곳이 지대가

높았고, 스피어러—브리그 연합군이 이동해야 할 경로는
지대가 낮았다.

"하지만 여길 통과하지 못하면, 이그라드 족의 영역으로
뻗어져 나가는 일이 매우 힘들죠. 평원을 차지해야, 전력을
분배해서 이그라드 족의 곳곳을 파고들기가 쉬워집니다."

"이미 선점을 하고 있다면… 이건 들어가는 쪽이 완벽하
게 불리해요. 하지만 이미 상대는 거점을 확보했고, 여기서
시간을 더 주게 되면 역으로 우리의 거점이 위협당하게 되
겠죠."

"정확한 판단입니다."

이유리의 핵심을 짚은 판단에 아소그가 고개를 끄덕였
다.

에스가드 평원은 이그라드 족의 주요 거점으로 이어지는
갈림길이 합쳐지는 위치에 자리하고 있었다.

이것은 즉, 각각의 거점에서 병력을 집결시키기에 가장
좋은 장소임과 동시에, 반대로 이곳을 점령당하면 각각의
거점으로 연합군이 진공할 수 있는 기반이 될 장소이기도
했다.

이그라드 족이 에스가드 평원에 거대한 전선을 구축한
것은 이런 위험에 대한 선제적 대비이기도 했지만, 동시에
에스가드 평원을 토대로 전선을 전진시킬 경우, 반대로 브

리그 족이 불리해지기 때문이었다.

브리그 족 입장에서도 에스가드 평원에서 남쪽으로 내려 온 잘반 분지까지 이그라드 족의 영역을 허락하게 되면, 그 때는 반대로 각지의 브리그 족 거점이 위험에 빠질 수 있었 다.

이렇게 되면 유기적인 전력의 연계는 물론이고, 가뜩이 나 수가 적은 브리그 족의 전사들이 각각의 거점에서 각개 격파를 당할 우려가 있었다.

결과적으로 에스가드 평원이 이 전쟁의 향방을 결정한 중요한 장소가 됐다.

양쪽 모두 사활을 걸어야 하는 전투의 장이자 드넓은 평 원이었다.

제5장
정예 편성

　쉐도우 복싱은 최소한 가상의 적에 대한 기본적인 형태를 설정해 놓고 한다.

　예측이 어느 정도 가능한 범위 내에서 가상의 적을 상대해 보는 것이고, 그 과정에서 상대에 대한 실제 정보를 적용해 보기도 한다.

　하지만 자그네트는 동원도 직접 마주친 적은 없는 존재였다.

　하나 확실한 것은 동원이 코어 보유 개수에서의 우세에도 불구하고, 기본적인 힘이 자신과는 비교도 안 될 만큼 강하다는 것이었다.

그는 오히려 선택적으로 코어의 힘을 사용하지 않을 수도 있었다.

쉽게 말해 '오버 파워'가 필요한 쪽은 동원이었다.

"단계적으로 공격해 나가는 방식은 시간이 오래 걸리고, 우리에게 불리합니다. 이번에도 지난번 트윈 코어를 얻을 때처럼 기습적으로, 그리고 신속하게 적의 본진을 공략해야 합니다."

동원이 회의에 합류하자, 대화가 열기를 띠기 시작했다.

자리에는 블랙 헌터의 간부들과 타 클랜의 리더들이 있었고, 브리그 족의 대장로 알베르를 포함한 주요 인력들이 있었다.

이 자리는 사실상 앞으로의 전략을 결정하는 중요한 장이었다.

때문에 히어로즈 클랜과 같은 타국의 리더들도 화상을 이용해 현재의 회의에 참여하고 있었다.

주변에 다양하게 배치된 입체 화면에는 익숙한 얼굴들이 꽤 있었고, 그중에는 내용을 경청하고 있는 케인의 모습도 있었다.

"우회로라면 이곳이 있어. 이곳은 우리도 발견한 지 얼마 되지 않은 곳이고, 이그라드 쪽에서도 알아차리지는 못한 곳이지. 이 경로를 이용하면 죽음의 탑이 있는 '이그나 그라드'로 향하는 산길을 잡을 수 있네."

알베르가 아도네스 행성 전역을 그린 지도에서 에스가르드 평원을 한 번 가리킨 뒤, 그 옆으로 붉은 선을 그으며 새로운 길을 가리켰다.

그의 말대로 우회로였다.

알베르가 영상 위로 손짓을 몇 번 하자, 에스가르드 평원 서쪽에 높이 솟아 있는 산 하나가 확대되어 표시됐다. 그리고 상공에서 내려다보듯, 평원과 산, 그리고 죽음의 탑이 한눈에 들어왔다.

붉은 선은 아주 큰 반원의 형태를 그리고 있었다.

에스가르드 평원에서 크게 돌아 나와, 굽이진 길을 계속해서 돌아가는 형태였는데 언뜻 보기에도 복잡하고 좁게 느껴질 정도였다.

"지공(遲攻)은 아무런 도움이 안 됩니다. 최정예로 편성된 전력은 이 우회로를 통해 이동하여, 바로 죽음의 탑으로 가야 합니다. 이그나 그라드로 말이죠."

동원은 확신에 찬 목소리로 말했다.

이 자리에 있는 스피어러들을 포함해서 화상으로 연결된 스피어러들도 모두 찬성하는 눈치였다.

이미 앞서의 전투에서 이런 식의 속전속결로 재미를 봤

고, 계속해서 이그라드의 전력이 증강되는 상황에서 장기전이 될 가능성이 큰 평원의 전투는 득보다 실이 많다고 판단했기 때문이다.

하지만 정작 브리그 족의 장로들은 표정이 좋지 않았다. 그것은 대장로 알베르도 마찬가지였다.

"다른 문제가 있습니까?"

눈치가 빠른 동원이 바로 물었다.

회의의 주축은 브리그 족의 장로들과 동원이었고, 때문에 다른 간부들과 리더들은 숨을 죽이고 대화에 집중하고 있는 중이었다.

"냉정하게 말하자면 우리 종족이 보유한 최대의 전력을 투입하더라도, 에스가드 평원에서의 전투는 승리를 보장할 수 없네. 자그네트에게 있는 부활의 능력도 가장 큰 걸림돌이지만, 그만큼 우리 종족 내에 가용 가능한 전투 전력이 많지 않다는 뜻이네."

"현재 스피어러들의 전력과 브리그 족의 전력을 모두 합쳤을 때, 에스가드 평원에서의 전투가 겨우 균형추를 맞출 수 있을 것 같다고 보시는 겁니까?"

"그렇다네. 평원을 내어주게 되면, 그때는 단순히 전투의 승패 문제가 아니라 행성 전체의 명운이 달라지게 되네. 우리는 이 문제를 두고 냉정하게 판단하고 또 판단했고, 모든 전력을 평원에 쏟아붓기로 했네."

"스피어러들로 구성된 별도의 부대를 꾸려야 한다라……. 그 규모도 많을 수는 없겠군요."

"반대로 이그라드 족도 평원의 전력을 빼는 만큼 전황이 불리하게 돌아가는 것을 알 테니, 죽음의 탑에 주둔 중인 병력과 증원된 변이체들이 전부겠지."

상황은 상당히 빠듯했다.

결국에는 눈치 싸움이었는데, 브리그 족은 큰 그림을 보고 있었다.

알베르의 말대로 평원을 넘어 남하하는 것을 허락하게 되면, 그때부터는 당장 각지의 브리그 족들의 생사부터 걱정해야 하는 상황이 된다.

이미 브리그 족은 계속된 이그라드 족과의 전투로 많이 약해져 있었고, 이번 전투에 사활을 걸 만큼 잔뜩 긴장하고 있는 상태다.

그 상황에서 모험을 하기에는 부담이 될 수밖에 없었다.

몇몇 스피어러들은 브리그 족이 몸을 사리는 것이 아닌가 하는 의심 아닌 의심을 했지만, 동원은 그렇게 생각하지는 않았다.

진작 몸을 사릴 요량이었다면, 대부분의 전투에 스피어러들을 총알받이로 세웠을 것이다.

그들은 지로드 산맥 전투에서 처절하리만치 혈투를 벌이며 싸웠고, 그 결과 동원이 두 개의 코어를 손에 넣었다.

동원이 지금과 같은 힘을 얻은 데에는 브리그 족의 헌신적인 도움도 크게 한몫을 했다.

"그렇다면 저를 포함해서 별도의 전력으로 사용할 수 있을 것으로 예상되는 규모는 얼마입니까?"

동원은 돌려 묻지 않았다. 판단은 빠를수록 좋다.

"삼백삼십삼. 이것이 우리가 최대치로 추산한 B랭크 이상의 스피어러 가용 최대치네."

"적의 수는?"

"탑에 주둔 중인 전사들의 수가 1천. 그리고 추가로 가용가능한 변이체의 수는 파악되지 않았네."

"등가교환(等價交換)은 안 되겠군요, 후후."

동원이 고개를 끄덕이며 웃었다.

스피어러로서 살기 시작했던 첫날부터 지금까지 단 한 번도 우세 속에서 싸워보았던 적은 없었다.

매 순간이 생존과의 투쟁이고 그 연속이었다.

이번이라고 다를 것이라고는 처음부터 생각도 하지 않았다.

오히려 이 정도면 나았다.

적어도 혼자서 저 많은 수의 적들 사이를 파고들 필요는 없으니까.

자신을 제외하고 332명의 동료들과 함께 죽음의 전장으로 향할 수 있는 것이다.

[이번에는 같이 가지. 동원, 이번에는 바로 예약이다.]

[저도 참여하겠습니다.]

화면에서 참여를 알리는 리더들의 목소리가 들려왔다. 케인의 목소리도 함께 섞여 있었다.

그들은 상대적으로 안전할 수도 있는 평원에서의 전투보다, 동원과 함께 위험한 탑으로 향하는 것을 선택했다.

그것은 어떤 책임감, 사명감이었을 것이다. 혹은 죽음에 대한 정면 도전일지도 모른다.

"최정예로 편성하겠습니다. 우리가 할 수 있는 최대한의 힘을 집중시키기 위해. 대장로님, 장로님께서는 평원에서 벌어질 전투에 대한 좀 더 자세한 브리핑을 해주십시오."

"그렇게 하지."

동원이 회의실을 조용히 빠져나왔다.

에스가드 평원의 전투는 동원이 아닌 다른 스피어러들이 신경 써야 할 전투가 되었다.

그 전투까지 걱정하고 생각하는 건 오지랖이다.

"모두 진군한다. 준비는 끝났다. 이번 전쟁으로 모든 것을 끝냈다. 브리그가 남긴 더러운 산물인 저 인간들과… 생존한 모든 브리그 족의 목숨을 끊는다. 그리고 우리가 이 행성과 지구를 차지한다. 반드시!"

그 시각.

죽음의 탑 정상에 서 있던 자그네트가 그 앞에 운집한 수많은 이그라드의 전사들과 변이체들에게 손짓과 함께 뼛속까지 울릴 듯한 외침을 전했다.

척척척척.

끝이 보이지 않는 행렬이 죽음의 탑을 출발해, 에스가드 평원으로 향했다.

죽음의 탑에는 자그네트와 그를 호위하는 일곱 명의 고위 기사들, 그리고 각 탑의 층계별로 위치한 정예 전사들이 남았다.

그리고 용도를 알 수 없는 '새' 형태의 변이체 다수가 탑 주변을 배회하며 경계했다.

"반드시 끝낸다."

자그네트가 두 주먹을 불끈 움켜쥐었다.

스피어러들로 인해 꼬일 대로 꼬여 버린 계획.

이제는 그들 모두를 정리하고 무(無)의 상태로 되돌려야 한다.

그들을 죽음의 전장으로 꾀어내는 데 성공했고, 각 행성에서 소집된 전력이 그 전장으로 향했다.

이제 남은 것은…….

두려움을 모르고 기고만장하여 달려들던 스피어러와 브리그 족에게 죽음의 고통, 그리고 절망을 선사해 주는 일뿐이었다.

대규모 이동이 시작됐다.

이미 에스가드 평원에는 이그라드 족의 주요 전력들이 도착해 있었다.

이그라드 족은 평원에서의 전투에 집중하기 위해 선택적으로 몇 군데의 거점을 포기했는데, 그중에는 브리그 족의 거점과 가까이 있어 껄끄러웠던 곳도 많았다.

상대가 거점을 포기했다면 오히려 반겨야 할 일이겠지만, 지금은 상황이 조금 달랐다. 그만큼 평원 전투에 사활을 걸고 있다는 뜻이었으니까.

때문에 브리그 족은 예전만 해도 다시 수복하길 바랐던 거점들을 되찾을 기회가 왔음에도 움직일 수 없었다.

그쪽으로 전력을 파견하게 되면 그만큼 평원으로 진공할 전력이 약화되는 것을 뜻하고, 결과적으로 전력의 손실이 되기 때문이다.

끝없는 행렬이 계속해서 이어졌다.

날은 맑았고, 밝았다.

아도네스 행성의 맑은 날은 지구의 맑은 날과는 달라서, 대낮에도 햇빛이 적어 초저녁을 생각나게 할 정도의 명도였지만 어쨌든 시계 확보에는 가장 좋은 날이었다.

저 멀리서 이동하고 있는 스피어러―브리그 연합군들이 보였다.

각기 다른 국가 소속의 스피어러들은 저마다 연대한 브리그 족과 함께 움직였고, 메인 컨트롤 타워의 역할은 대장로 알베르가 있는 이쪽이 맡았다.

물리적인 거리는 있었지만 수시로 교신을 주고받고 있었기 때문에 심리적인 거리감은 없었다.

화아아아악.

매캐한 냄새가 났다.

에스가드 평원에서 북풍을 타고 이쪽으로 전해지는 냄새에는 변이체들 특유의 누린내와 이그라드 전사들의 역한 냄새가 섞여 있었다.

이제는 익숙해진 냄새라 아무렇지 않지만, 초창기만 해도 이 냄새만 맡아도 토악질을 하는 스피어러들이 꽤 있었다.

"후우, 하아. 후우, 하아."

스피어러들은 긴장을 풀기 위해 숨을 고르며 이동하고

또 이동했다.

아도네스 행성에 온 모든 스피어러들은 남은 스피어 포인트 하나까지 모두 짜내어서 필요한 무구들과 폭탄들, 그리고 장비들을 챙겼다.

저마다 최상의 상태와 전력을 유지하고 있었고, 자신감은 그 어느 때보다도 충만했다.

"형, 나 돌아가면… 민희한테 프러포즈할 거야. 스피어러 생활 하면서 꾸준히 모은 돈으로 민희와 함께 살 집도 구하고, 차도 살 거야. 나, 꼭 성공할 수 있겠지?"

"얌마, 그걸 말이라고 하냐. 후딱 끝내고 돌아가자. 나는 돌아가는 대로 띠동갑 여친이나 하나 사귀련다. 좀 도와줘라. 민희 몰래 나이트 한 번 다녀오자, 어때?"

"형! 어떻게 나한테 그런 말을… 해줘서 감사합니다. 걱정 마. 폭탄 처리는 내가 할 테니, 형이 예쁜 애들 침 좀 발라놓으라고."

"후후, 벌써부터 아랫도리에 힘이 바짝 들어가는데?"

전장으로 향하는 길.

한 스피어러 형제들이 유쾌하게 대화를 나누었다.

그들의 눈빛 한편에는 죽음에 대한 두려움과 공포가 있었지만, 남자들 특유의 농담으로 마음을 다잡는 모습이었다.

이런 광경은 생소한 것이 아니어서, 이동하는 내내 스피어러들은 옆의 동료들과 이야기를 나누거나, 부쩍 친해진 브리그 족과 이야기를 나누곤 했다.

*   *   *

"자기 무덤을 자기가 직접 파고 들어갈 생각을 하니, 어때?"

"남이 파놓은 무덤에 들어가는 것보다는 낫지 않겠어? 후후."

"좋아, 그런 자세. 그게 내가 아는 동원이지."

케인은 동원의 옆에 있었다.

지금 동원을 중심으로 양옆으로 늘어선 전력들은 곧 별동대가 되어 전장을 이탈할 스피어러들이었다.

333명의 정예 전력 편성은 끝이 났다.

각국의 최정예 전력을 한데 모은 전력으로 최소 랭크가 A1인 스피어러들로 구성되어 있었다.

이들 대부분은 동원처럼 유효한 버프들을 많이 가지고 있었고, 소지하고 있는 무기나 기술 역시 다른 평범한 스피어러들과는 달랐다.

그래서인지 동원을 중심으로 뭉친 최정예 부대들을 본

스피어러들은 저마다 탄성을 터뜨렸다. 그야말로 드림팀이 한데 모인 셈이었다.

각국의 스피어러들이 최고의 스피어러라 치켜세우던 스피어러들이 모두 모여 있었다.

영화의 표현을 빌리지면 스피어러판 '어벤져스' 라고나 할까. 딱 그런 느낌이었다.

"동원 씨, 언제 빠져나갈 생각이에요?"

"적의 예봉(銳鋒)을 확실하게 꺾고 난 다음, 우리가 초기에 우세를 잡은 그 시점에 빠져나갈 겁니다. 우리가 불리한 상태에서 주요 전력이 이탈하면, 바로 아군의 열세로 이어질 거예요. 우리는 바로 저 전선을 뚫어야 합니다. 그래야 적의 시선을 분산시키고, 전선을 다변화시킬 수 있어요."

서희의 말에 동원이 정면의 전선을 가리켰다.

에스가드 평원의 정중앙에는 돌출부처럼 튀어나온 이그라드 전사들의 진형이 있었다.

그들은 브리그 족처럼 코어를 이용한 감시탑 체계를 갖추고 있지는 않았지만, 그 대신 대형화된 변이체들로 구성된 이른바 '고기 방패' 라인을 구축하고 있었다.

대규모 공성 병기를 이용해 공방전을 주고받는 전투가 아니기 때문에, 결국 공격을 하는 연합군 입장에서는 저 전선을 정면 돌파해야 했다.

감시탑을 옮겨올 수 있었다면 진작 전투 운영이 수월해졌겠지만, 감시탑은 철저하게 수비를 위해 구축된 방어 시설이었다.

때문에 전투 초반에 두꺼운 외피와 다양한 내성으로 무장한 대형 변이체들을 상대하는 게 최대 관건이었다.

문제는 대형 변이체들만 상대하는 게 아니라, 이들을 방패 삼아 공격을 퍼부어 올 전사들과 다른 변이체를 상대해야 한다는 점이다.

그 와중에 육중한 거구의 변이체들이 움직이며 앞을 가로막으면 기동성이 크게 떨어지게 된다.

그리고 대형 변이체들은 그 일격 하나하나가 매우 강력해서, 자칫 잘못 피격당할 경우에는 큰 부상이나 죽음으로 이어질 수도 있었다.

"하, 저 까만 점들이 전부 변이체나 전사들로 이루어진 점이라고 생각하니… 진짜 끝없이 몰려오는 메뚜기 떼를 보는 것 같은 느낌이군. 혐오스러워."

이정우가 인상을 찌푸렸다.

싸우는 건 즐기는 그였지만, 상대가 더러운 벌레나 짐승 같은 것이라면 얘기가 달라진다.

상대하기 까다로워 그런 것이 아니라, 발을 이용한 공격을 주로 펼치는 자신이 필연적으로 느껴야 할 놈들의 외피나, 털의 촉감… 그 때문이었다.

"죽기에 더할 나위 없이 좋은 날이야."

"무슨 소리예요? 그런 말은 하지 마요."

코를 파고드는 역한 냄새를 맡으며, 김혁수가 자신의 바스타드 소드를 만지작거렸다.

스피어러가 된 그날부터 항상 몸의 일부처럼 가지고 다녔던 검.

그동안 몇 번이고 수리를 하고 개조한 이 검은 이제 떼려야 뗄 수 없는 자신의 필수품이 되어버렸다.

서희는 죽음을 운운하는 김혁수의 옆구리를 쿡 찌르고는 옆에서 상기된 표정으로 이동하고 있던 이유리의 손을 꼭 잡아주었다.

"언니."

"이제 시작이야. 얼굴 펴! 갈 길이 멀잖아? 벌써부터 걱정해선 안 돼. 그리고 걱정할 일도 생기지 않을 거야. 동원 씨잖아. 안 그래?"

"네, 언니. 마인드 컨트롤할게요."

이유리는 동원에 대한 걱정에 자신도 모르게 굳어졌던 얼굴을 애써 웃음으로 폈다.

걱정을 하지 않으려고 해도, 목숨을 아끼지 않고 전장에 달려들 동원이 신경이 쓰였다.

동원은 스피어러의 리더임과 동시에 이유리 자신의 연인이기도 했다.

연인인 동원이 품고 있는 큰 뜻과 목적에는 그녀도 동의하지만, 그렇다고 해서 내가 사랑하는 사람이 목숨을 잃을지도 모르는 상황에 초연할 수는 없었다.

키야아아아아아!

소름이 쫙 돋을 만큼 기분 나쁜 변이체들의 울음소리가 일시에 들려왔다.

동시에 역한 변이체들의 냄새가 바람을 타고, 다시 한 번 코끝을 스쳤다.

방금 전만 해도 꽤 맑았던 날씨는 어느새 어디선가 몰려온 먹구름들로 가득 찼고, 주변은 그새 어두워져 있었다.

그와아아아아!

대형 변이체들도 질세라 포효했다.

그러자 여기저기서 포효와 울부짖음이 뒤섞인 소리가 터져 나왔고, 이그라드의 전사들은 사기를 더욱 끌어올렸다.

척척척, 척!

정해진 선까지 진군을 마친 연합군이 제자리에 모두 멈춰 섰다.

약 1㎞의 거리를 사이에 두고, 에스가드 평원에서 양쪽의 군대가 대치하고 있었다.

평원 북쪽에서 불어오는 바람은 약간의 먼지를 머금고 있어, 정면으로 위를 올려다보기는 다소 불편했다.

유리한 고지를 차지하고 있다고 생각해서인지, 놈들은 기세등등했다.

"후우."

동원이 심호흡을 했다.

마지막으로 마음 놓고 크게 쉬어보는 숨인 것 같았다.

이제 전투가 시작되면, 정신없는 시간의 연속이 될지도 모른다.

끼리리리릭.

일찌감치 활시위에 화살을 메긴 이유리가 힘껏 화살을 잡아당겼다.

팽팽하게 늘어난 활시위는 언제든 정면에 서 있는 적들의 심장 한가운데를 꿰뚫을 준비를 하고 있었다.

"대장로님, 잘 부탁드립니다. 그리고… 무사하십시오."

"우리 종족은 모두가 목숨을 바칠 각오가 되어 있네. 이그라드, 그리고 우리 브리그의 잘못으로 인간에게 빚어진 악연의 끝을 함께 맺도록 하세. 우리의 원죄를 털어낼 수 있도록."

"물론입니다."

동원의 말에 알베르가 결연히 답을 받았다.

브리그 족은 처음부터 끝까지 인간들에게 항상 미안한 마음을 가졌다.

그들이 만들어낸 문명의 정수인 코어를 이그라드 족에게 약탈당했고, 이것으로 말미암아 시공의 문이 열리고 말았다.

로드의 안배 덕분에 인간들은 자칫 위험이 될 수도 있었던 변혁을 대처할 힘을 얻었지만, 그 과정에서 죄 없는 수많은 인간이 목숨을 잃었다.

그리고 생존을 위한 시험에도 수없이 많은 스피어러가 목숨을 잃었다.

원죄(原罪)라는 표현은 모든 브리그 족의 전사들이 공통된 마음으로 가지고 있는 인간들에 대한 미안함이었다.

결자해지라는 말이 있듯, 이 얽힌 실타래를 풀기 위해서는 그 어느 누구보다도 처절하게 이 전쟁에 임해야 함을 알고 있었던 것이다.

"전투 준비!"

선창은 알베르가 했다.

그는 지금 이 연합군 전체를 아우를 수 있는 존재이자, 로드를 대신할 대리자였다.

척척! 척척척!

알베르의 목소리에 따라 스피어러들과 브리그 족이 자세

를 잡았다.

그들의 눈빛은 이글거리는 태양처럼 불타오르고 있었고, 내면 깊숙한 곳에서 묻어나는 살기가 가감 없이 드러났다.

"그대가… 시작하게."

알베르가 동원에게 말했다. 동원은 대답 대신 조용히 고개를 끄덕였다.

아주 잠깐의 순간이었지만, 수많은 기억이 머릿속에서 주마등처럼 지나갔다.

이제 과거의 일들은 한 조각의 단편이 되었다. 남은 것은 살아남느냐, 그러지 못하느냐일 뿐이다.

마음은 비웠다.

그 어떤 번뇌와 걱정, 두려움은 없다.

그저 눈앞에 보이는 적들과 싸우는 것, 그 생각만이 동원의 머릿속을 가득 채웠다.

숨이 붙어 있는 한 끝까지 싸우고, 후회 없이 끝을 맺는 것. 그것이 지금까지 쉬지 않고 달려온 자신을 부끄럽지 않게 하는 일이자, 악연의 끝을 맺을 최선의 방법이라고 생각했다.

휘이이이이.

한 줄기 바람이 깊게 불어오고…

동원의 두 주먹에 힘이 불끈 들어갔다.

그리고…….

"전군, 진격!"

동원의 목소리가 에스가드 평원 전역에 울려 퍼졌다.

와아아아아아!

누가 먼저랄 것도 없이 시작된 진군.

스피어러—브리그 연합군과 이그라드 족의 운명을 건 마지막 전쟁의 시작이었다.

제6장
대규모 공방전

　수많은 점과 점이 서로를 향해 맹렬하게 달려들었다.

　끝없이 펼쳐진 에스가드 평원이었지만, 그 평원을 가득 메운 것은 바로 인간과 브리그 족, 이그라드 족이라는 생명 체들이었다.

　"끼헥!"

　비명의 첫 시작은 이그라드 족이 끊었다.

　변이체 사이를 뚫고 날아온 이유리의 날카로운 화살에 그대로 이마 한가운데를 꿰뚫린 이그라드 족 전사는 그대로 혀를 빼문 채로 앞으로 고꾸라졌다.

일순간 동료의 숨통이 끊어지자, 바로 옆에 있던 전사들이 놀란 표정을 지었다.

전장에서 잔뼈가 굵은 그들이었지만, 그렇다고 해서 일격에 숨을 거두는 동료의 모습에 익숙했던 것은 아니었다.

피이이이잉!

"……."

그 순간, 포물선을 그리며 공중 높은 곳에서 정점을 찍는 화살 한 대를 본 전사들의 표정이 일그러졌다.

단순히 화살 한 대지만 뭔가 좋지 않은 느낌. 그 예상은 적중했다.

이유리가 조기에 얼티밋을 사용한 것이다.

팟! 파팟! 팟!

한 대의 화살은 순식간에 분열에 분열을 거듭하며, 눈 깜짝할 사이에 수백 개의 화살로 변해 매섭게 아래로 쏟아지기 시작했다.

가속이 잔뜩 실린 데다 각기 다른 속성이 부여된 화살들은 매섭게 전사들 사이를 파고들었다.

이유리의 화살은 전방에 벽처럼 서 있는 대형 변이체들의 존재를 무색하게 했다.

벽을 넘어 허공에 정점을 찍은 뒤 쏟아지는 화살은 변이체들도 어찌할 도리가 없었기 때문이다.

"으컥! 끄어어어어어억!"

"으아아아아아!"

쏟아지는 화살비 세례를 모조리 얻어맞은 전사들이 비명을 토해냈다.

이유리가 빠르게 전개한 얼티밋은 전사들의 예측을 완벽하게 뒤엎는 것이었고, 진영 한가운데가 쑥대밭이 되자 대열이 흐트러졌다.

그와아아아아!

정면에서 달려드는 스피어러들을 확인한 변이체들이 괴성을 내질렀다.

놈들의 머릿속에 입력된 것은 오로지 살인에 대한 과격한 충동뿐.

뒤에서 전사들이 나자빠지고 피를 흘리고 있는 것은 관심 밖이었다.

그저 살인 병기로 잉태되었으며, 그렇게 태어난 변이체들은 오로지 죽음과 죽임, 이것밖에 프로그래밍되어 있지 않았다.

모든 변이체들의 시선은 최전방에서 전광석화와 같은 속도로 달려들고 있는 동원에게로 쏠렸다.

변이체들은 동원을 보고 괴성을 내질렀고, 당장에라도 잡아먹을 것처럼 동원을 향해 거구를 움직이기 시작했다.

휘이이이!

"......?"

하지만 안타깝게도 동원의 움직임은 변이체들의 예상보다 훨씬 빠르고 신속했다.

눈 깜짝할 사이에 동원의 신형은 변이체들 사이를 지나, 그대로 전사들의 대열 속으로 파고들었다.

변이체들이 상대한 것은 뒤를 이어 매섭게 달려들고 있는 이정우와 김혁수, 케인을 위시한 연합군의 정예들이었다.

이 모든 과정은 다른 스피어러들도 상황을 확실하게 인지하기 전에 벌어졌다.

그만큼 최정예로 구성된 동원과 동료들의 움직임은 상상 초월이었다.

아직도 여전히 진군 중인 다른 전선의 스피어러들이 있는 반면, 이미 동원의 부대는 적진 한가운데 들어와 있었던 것이다.

"하아아아압!"

동원이 일갈하며 그대로 정면에서 동원을 마주 보고 있던 전사의 아래턱을 올려쳤다.

접근전, 그리고 난타전은 동원의 주특기였다.

전사들은 저마다 위협적인 무기와 동원의 1.5배에서 2배는 됨직한 덩치를 가지고 있었지만, 그런 외형상의 모습은 전투에서는 아무런 도움도 되지 않았다.

"으컥!"

아래서부터 묵직하게 올려친 동원의 주먹의 힘은 어마어마했고, 그 힘을 견뎌낼 재간이 없었던 전사의 아래턱은 그 자리에서 가루처럼 부서지고 말았다.

이빨이 맞물려 아예 닫혀 버린 입은 열릴 줄 몰랐고, 코와 입 사이의 틈을 타고 핏물이 뚝뚝 떨어져 내렸다.

"아아압!"

동원은 힘을 더욱 끌어올렸다.

코어의 힘을 가진 자신에게 지금보다 더 강력한 힘을 이끌어내는 것은 일도 아니었다.

"저놈이 대장이다, 저놈을 죽여!"

"죽여서 갈기갈기 찢어버리자!"

그래도 용맹한 투사들답게 이그라드 족 전사들은 서로를 독려하며 동원을 노리고 나섰다.

전열을 재정비하고 순식간에 몇 명의 전사들이 주변을 원형으로 에워싸니, 동원이 한가운데 고립된 형국이 되었다.

동원의 실체, 위력에 대해서 모든 전사들이 완벽하게 인지하고 있는 것은 아니었다.

전사들은 한 명의 스피어러를 포위한 자신들의 승리를 의심치 않았지만… 상황은 일순간에 완벽하게 뒤바뀌었다.

끄아아아아……!

"정말 어마어마하군."

저 멀리서 단숨에 사방으로 뻗어져 나가는 수많은 이그라드 전사들의 모습을 보며, 에제르가 미소를 지었다.

동원은 지금 이 전장에서 가장 강력한 존재였다. 그의 무대는 이곳이 아니었다.

전장의 전투는 격렬했다.

시작하자마자 수많은 핏물들이 사방으로 튀었다.

주인은 누구의 것으로 특정할 수 없었다.

스피어러들은 스피어에서 가지고 온 수많은 무기로써 맹공을 퍼부었다.

총력전에서 뒤를 돌아볼 이유는 없었다.

개전과 동시에 최전선에 위치한 이그라드 전사들이 속절없이 죽어나갔다.

그들은 용맹하고 강력했지만, 스피어러들이 무장한 중력 폭탄이나 화염 폭탄 앞에서는 당해낼 재간이 없었다.

게다가 스피어러들은 저마다 최대 착용 수치로 끌어 올린 강화 슈트로 무장하고 있었다.

때문에 한두 번 정도는 치명상에 가까운 타격을 입더라도 버텨 낼 수 있었다.

반면에 이그라드 전사들에게는 그런 안전장치가 있었고, 그야말로 비처럼 쏟아지는 공격 세례에 남아나지를 못했다.

그것은 변이체들도 마찬가지여서, 나름대로 묵직한 벽을 구축했다고 생각하고 버텼지만 오산이었다.

터지는 폭탄은 대형 변이체라고 해서 덜 아프거나 덜 박히는 것이 아니었고, 오히려 숨통이 끊어져 대중없이 변이체들이 고꾸라지며 애꿎은 전사들의 대열만 흐트러졌다.

그 틈을 매섭게 스피어러들이 파고들었고, 제1진으로 최전방에 선 전사들은 개전과 동시에 궤멸에 가까울 정도의 엄청난 피해를 입고 순식간에 그 수가 줄어갔다.

하지만 제2진에 있던 전사들이 이어서 합류하고, 초반의 화력 집중 후 스피어러들이 육탄전에 들어가면서 전투의 양상은 또다시 바뀌기 시작했다.

전투 명령이 떨어지자, 평원 여기저기에서 열을 갖춰 대기하고 있던 변이체들이 그야말로 밀물처럼 몰려들기 시작했다.

끝이 보이지 않는 변이체들의 행렬은 지금껏 스피어러들이 상대했던 변이체들의 웨이브(Wave)와는 비교도 되지 않을 정도의 엄청난 휘몰아침이었다.

변이체들에게는 세 가지가 없었다.

두려움, 후퇴, 그리고 고통.

변이체들은 두 팔이 잘려 나가도 발로 싸웠고, 발이 잘려 나가면 이빨로 물어뜯어서라도 스피어러들과 브리그 족을 괴롭혔다.

살인 기계로 설계된 변이체들은 숨이 끊어져 더 이상 아무것도 할 수 없을 때까지 집요하게 연합군을 괴롭혔다.

끼헤헤헥!

그리고 연합군을 두려움에 떨게 만들 변이체들이 연이어 등장하기 시작했다.

태어날 때부터 철저하게 자폭 공격을 위해서 짧은 삶을 살도록 고안된 조그마한 쥐 형태의 자폭 변이체가 처음으로 모습을 드러낸 것이다.

이 변이체들은 아도네스 행성에서 양산되기는 했지만, 전부 다른 행성으로의 침략 및 주둔에 동원되어 스피어러들과는 단 한 번도 마주한 적이 없었다.

앞서 있었던 몇 차례의 전투에서도 이 변이체들은 다른 행성에 있어, 연합군을 공격할 수 없었다.

하지만 이번에 자그네트가 모든 변이체들을 아도네스 행성으로 소환하면서, 엄청난 수의 '자폭 쥐'들이 대거 전력에 편입됐다.

그 수는 수만, 수십만 단위로 셀 수 있는 수가 아니었다.

이 쥐들은 움직임이 매우 빠르고 날렵할 뿐만 아니라, 크기도 작아 정확하게 타격하여 죽이기가 쉽지 않았다.

자폭 형태는 과거에 스피어러들이 퀘스트를 통해 마주했던 미니 웜(Mini Worm)들과 비슷해서 자폭 준비 상태가 되면 검은 몸이 붉게 변하고, 그 이후로 2초가 지나면 바로 폭발하는 형태로 되어 있었다.

자폭 쥐의 체내는 온통 발화성 물질로 가득했는데, 자폭해서 터지거나 불 또는 전기적 충격으로 인해 제거되면 마치 화염병이 터지듯 폭발이 일어났다.

그래서 안전하게 처리를 하기 위해서는 자폭이 발동되기 전에 물리적인 타격으로 처리를 해야 했는데, 그것은 매우 까다로운 조건이었다.

게다가 자폭 쥐들은 영리해서 최대한 연합군에게 접근하기 전까지는 자폭 준비 상태를 만들지 않다가, 지근거리에 도착해서야 준비 상태를 만든 뒤 그대로 달려들어 폭발했다.

그리고 최대한 상체와 얼굴 가까운 곳으로 도약력이 좋은 두 다리를 이용해 날아올랐기 때문에 터지면 그대로 얼굴과 가슴 언저리가 불바다가 됐다.

여기서 연합군의 피해가 속출하기 시작했다.

서희처럼 마법적인 능력을 이용해 방어막을 펼치거나, 신속한 회피 기동으로 피해를 최소화할 수 있는 민첩성 좋은 스피어러들은 비교적 피해가 적었다.

하지만 쌍둥이 형제처럼 거구로써 위력적인 일격으로 적을 제압하는 스피어러들은 기동성이 떨어졌고, 이들은 자폭 쥐들의 좋은 먹잇감이 되었다.

자폭 쥐들의 대공세 앞에서 묵직하게 화력을 쏟아붓던 스피어러들이 밀려나기 시작했다.

두렵거나 무서워서가 아니었다. 전략적인 후퇴가 필요했다.

이대로 무턱대고 화력을 쏟아붓는 것은 장기적으로 봤을 때 더 큰 피해를 양산하는 일이었고, 그 결과 중무장한 형태의 스피어러들이 전투 일선에서 물러나며 기동성이 좋은 암살 형태의 스피어러들이 빈자리를 채웠다.

이것은 연합군의 불가항력적인 변화였지만, 이그라드 족에게는 기회였다.

고화력을 가진 전력이 물러나게 되면서, 완력에서는 뒤질 것이 없는 자신들이 다시 힘을 쏟을 수 있게 된 것이다.

상황은 진흙탕 싸움이 되었다.

중무장한 화력 부대들이 뒤로 물러서자, 명령을 전달받

은 자폭 쥐들은 전장 주변을 천천히 배회하며 경계 상태를 유지했다.

전사들이 가벼운 무장을 한 기동력 위주의 스피어러들을 상대하는 것은 충분히 해볼 만했다고 판단했기 때문에 무리해서 자폭 공격을 펼치지 않게 한 것이다.

그러다가 전열을 이탈해 나오거나, 냉정함을 잃고 다시 전장으로 합류하려 하는 스피어러들, 즉 타깃팅을 할 만한 스피어러가 생기면 뒤도 돌아보지 않고 맹렬하게 돌진했다.

마음이 앞서거나 기다림을 참지 못한 스피어러들은 그렇게 자폭 쥐들에게 둘러싸여 거대한 불덩이가 되어 무너져 내렸다.

자폭 쥐들은 고통에 비명을 내지르는 스피어러들의 입을 비집고 들어가서, 그 안에서 또 폭발했다.

그러면 얼굴이 통째로 날아간 스피어러는 그대로 한 줄의 불기둥으로 화하여, 숨이 끊어져 더 이상 일어나지 못했다.

아비규환이었다.

화력 부대 위주가 아닌 기동력 위주의 부대로 재편된 연합군의 최전선은 무게감이 떨어졌고, 그 빈틈을 이그라드 전사들과 대형 변이체들이 파고들었다.

무겁게 떨어지는 변이체들의 공격 앞에서는 전장에서 뼈가 굵은 스피어러들도 쉽게 감당해 낼 재간이 없었다.

전사들은 철저하게 스피어러들만을 노렸고, 브리그 족이 자신들에게 퍼붓는 정신 공격에 대해서는 무시했다.

어차피 브리그 족의 정신 공격은 막아내기가 껄끄러운 것이었고, 그들의 정신 공격으로 전투 능력을 상실하게 되는 전사들보다 그사이에 희생되는 스피어러들이 더 많았다.

자그네트는 브리그 족과 현저하게 차이 나는 수적 우위를 미련 없이 이용했고, 두 명의 전사를 내어 주면 한 명의 스피어러나 브리그 족을 제거하겠다는 생각으로 싸우게 했다.

자폭 쥐들의 등장으로 전황이 스피어러들에게 불리하게 돌아가면서, 브리그 족에게도 특단의 선택이 강요됐다.

그리고 여기저기서 나이 든 브리그 족의 전사들이 하나둘 결연한 표정으로 전장 한가운데로 나아가기 시작했다.

브리그 족 전사들의 타깃은 계속해서 이동하며 스피어러들의 움직임을 견제하려는 자폭 쥐들이었다.

"와라, 이놈들……."

시뻘겋게 핏대가 솟은 브리그 족 전사들의 두 눈이 반짝이자, 질서 정연하게 움직이던 자폭 쥐들이 갑자기 방향을 전환하더니 이내 전장에 외로이 선 브리그 족 전사들을 향해 맹렬한 기세로 돌진하기 시작했다.

중간중간 다른 명령이 입력된 듯 좌우로 움직이거나 잠시 멈추기를 반복했지만, 이내 자석에 이끌리는 쇳조각들처럼 가속을 붙여 브리그 족 전사들에게로 달려들기 시작한 것이다.

"아……."

누구의 것이라 특정할 수 없는 탄성이 터져 나왔다.

전장의 다른 한 단면으로 홀연히 걸어 나간 브리그 족 전사들은 정신 교란을 이용해 자폭 쥐들을 자신에게로 최대한 끌어모으고 있었다.

자폭 쥐들은 자그네트를 위시한 지도부의 지시를 따르지만, 그 외에도 현장에서 즉각적으로 판단할 수 있는 자의식을 가지고 있었다.

때문에 정신 교란이 먹혀들었고, 그 범위에 노출된 자폭 쥐들은 모두 전사들이 원하는 대로 전사를 향해 달려들었다.

"으큭! 큭! 쿨럭!"

브리그 전사들이 피를 토해냈다.

한 번에 엄청난 수의 자폭 쥐들의 모든 정신을 컨트롤하는 일은 체내의 모든 힘, 더 나아가 모든 정신력과 살아 숨쉬는 생명력을 가져다 써야 할 만큼 위험하고도 치명적인 일이었다.

찌이이이익!

한 명의 브리그 족 전사를 제거하기 위해서 수백에 가까운 자신들이 달려드는 것이 매우 비효율적인 일이라는 것을 알면서도, 자폭 쥐들은 거부할 수 없는 제어에 이끌려 전사들에게로 향했다.

그리고…

"하하하하하하하하하!"

모든 것을 체념하고 초탈한 듯, 노년의 전사 하나가 팔을 양쪽으로 벌린 채 피눈물을 뚝뚝 쏟아내며 마지막 힘을 이끌어냈다.

그러자 자폭 쥐들처럼 푸른빛에서 붉은빛으로 변하기 시작한 전사의 몸이 이내 불덩이가 되어 타오르기 시작하더니, 코앞까지 달려온 자폭 쥐들을 일시에 감쌌다.

퍼어어어엉!

검은 연기구름이 피어올랐다.

산화, 이것만큼 지금의 상황에 어울리는 표현은 없었다. 순식간에 불기둥으로 화한 노(老) 전사의 몸은 수백 마리의 자폭 쥐들과 함께 사라졌다.

그리고 그 자리에는 형체를 알아볼 수 없는, 몇 조각의 육신들과 불길의 흔적만이 남았을 뿐이다.

퍼어엉! 퍼어엉! 퍼엉!

이런 대규모 자폭 광경은 전장 여기저기서 연출됐다.

이미 살 만큼 살았다고 여긴 전사들은 종족의 미래를 위해, 행성의 번영을 위해, 그리고 스피어러들을 위해 미련 없이 자신의 목숨을 내놓았다.

미래를 위해 숭고한 희생을 하는 것.

그것이 로드의 보살핌 아래서 죽지 않고 천수를 누려온 자신들이 보일 수 있는 최후의 충성심이라 생각했다. 누가 강요하지는 않았지만, 이런 상황이 오면 그렇게 하기로 암묵적인 약속이 된 것이기도 했던 것이다.

"아르제온, 사랑한다!"

"종족의 무궁한 번영을 위하여!"

저마다 한 마디의 말을 던지고, 전사들은 장렬하게 화했다.

그중에는 더 적극적으로 전장으로 뛰어들어 더 많은 자폭 쥐들을 유인한 다음, 이그라드 전사들에게까지 뛰어들어 대규모 폭발을 일으킨 전사들도 있었다.

계속 동족의 희생이 이어지자, 브리그 족 전사들도 다시금 더욱 힘을 냈다.

이 전장에 뼈를 묻고, 피를 토하고 쓰러지겠다는 각오로 집중하고 또 집중했다.

그들은 스피어러들이 가장 까다로워하는 대형 변이체와 자폭 쥐들의 접근을 최대한 막기 위해 총력을 기울였고, 그 결과 다시 전세가 뒤바뀌었다.

가장 껄끄러운 두 존재가 쉬이 스피어러들에게 접근하지 못하자, 스피어러들이 브리그 전사들을 믿고 이그라드 족 전사에게 맹공을 가하기 시작했던 것이다.

제7장
기만전술

각 전선이 연합군과 이그라드 전사들, 그리고 변이체들로 뒤엉킨 혼전의 양상이었다면, 돌출부 형태로 나와 동원의 부대를 맞이한 이그라드의 최전방 전선은 거의 초토화에 가까울 정도로 박살이 나고 있었다.

최정예 스피어러들을 감당하는 것도 벅찬 전사들이 동원을 상대할 수 있을 리 만무했다.

동원은 무표정한 얼굴로 가쁜 숨조차 내뱉지 않고, 묵묵히 앞을 가로막는 모든 것을 때려눕혀 나갔다.

자폭 쥐들은 아예 접근조차 하지 못했다.

이유리는 속사를 이용해 일찌감치 이쪽으로 방향을 잡고 접근해 오는 자폭 쥐들을 모두 제거했다.

이유리의 속사에 서희의 마법 공격이 이어지니, 내구성이 크게 떨어지는 자폭 쥐들이 당해낼 재간이 없었다.

자폭 쥐들은 이쪽으로 달려오다가 방향을 선회하거나, 화살비와 불비를 견뎌내지 못하고 여기저기서 퍽퍽 터져 나갔다.

전멸(全滅).

돌출부 전선을 지키던 이그라드 전사들이 받아 든 결과물이었다.

남은 것은 아무것도 없었다.

살아 있는 모든 것이 죽었고, 그나마 목숨을 어떻게든 부지한 자들은 도망쳤다.

돌출부가 무너지자, 무너진 지점이 큰 구멍이 되면서 전선 전체에 영향이 가기 시작했다.

주변에서 이그라드 족을 공격하던 연합군들은 돌출부가 텅텅 빈 공간이 되어버리자, 일부 병력을 우회시켜 안으로 파고들었다.

그러자 정면에서 힘 싸움을 벌이던 양군의 판세가 포위하듯 에워싸는 형태로 공격하는 연합군 우세의 판세로 바뀌면서 전선의 불균형이 심해지기 시작했다.

동원이 노리던 것은 바로 이것이었다.

무너진 돌출부, 그리고 이로 인해 야기된 불균형을 심화시키기 위해 동원이 이끄는 정예 부대는 두텁게 짜인 이그라드 족의 전선을 쉴 새 없이 헤집어 놓았다.

특히 동원이 공격하는 라인은 그야말로 초토화가 됐다. 어지간한 수로는 동원을 감당할 수가 없었다.

하지만 동원도 고전하는 상대가 있었는데, 바로 자폭 쥐였다.

브리그 전사들의 희생으로 피해량이 줄기는 했지만, 지금 스피어러들에게 단기간에 가장 큰 피해를 입힌 적은 그 누구도 아닌 자폭 쥐였다.

자폭 쥐는 접근하기 전에 처리하지 않으면 어떤 형태로든 피해를 입혔는데, 왜 진작 이그라드 족이 빅 웨이브(Big Wave)나 대규모 공격에 사용하지 않았는지 의문이 들 정도였다.

아마 그만한 위력을 가지고 있으니 비장의 무기로 두었을지도 모를 일.

동원은 변이체들 틈에 섞여 은밀히 숨어 들어온 자폭 쥐의 자살 공격에 왼쪽 팔에 부상을 입었다.

아슬아슬하게 건틀릿으로 쳐내고, 바로 디펜시브를 전개하면서 데미지 감소를 유도하는 데는 성공했지만 화상을 피할 수는 없었던 것이다.

워낙 가까운 거리에서 터진 탓에 슈트의 팔꿈치 부위가 녹아내렸고, 약간의 화상을 입었다.

팔을 움직이기에는 불편함이 없었지만, 주변에서 함께 싸우던 동료들의 입장에서는 가슴을 쓸어내린 상황이었다.

자폭 공격이 성공하자, 자폭 쥐들은 동원을 타깃으로 삼기 시작했다.

전장에서 가장 까다로운 존재인 동원에게도 약점으로 비집고 들어갈 만한 구석이 있다고 판단한 지휘관들의 판단 때문이었다.

동원은 우선 한발 물러서기로 했다.

여기서 시간이 끌리게 되면 결국 자그네트를 비롯한 이그라드의 모든 핵심 전력들까지 전장으로 오게 될 가능성이 컸다.

다수 대 다수의 싸움은 연합군이 불리했다.

자그네트가 가진 코어의 힘에는 지금 희생된 모든 변이체와 전사들을 되살릴 수 있는 능력이 있었다. 그렇게 되면 전세는 연합군의 열세로 뒤바뀌게 된다.

이런 상황에서 자그네트와 그를 호위하는 기사들까지 전장에 합류해 있다면, 그때는 얼마나 많은 수의 연합군이 희생될지 감조차 잡을 수 없는 것이다.

약속된 움직임이 이어졌다.

대장로 알베르는 더욱더 적극적인 공격을 주문했고, 브리그 전사들은 더욱 전장 깊숙하게 파고들었다.

스피어러들도 공세의 강도를 높였다.

여기저기서 균열이 발생하기 시작한 이그라드 족의 진형은 빠르게 무너져 갔고, 연합군은 다시는 오지 못할 우세라고 생각하고 매섭게 몰아붙였다.

그러자 제3선에서 대기하고 있던 이그라드 족의 전력이 움직이기 시작했다.

평원 전투에 사활을 걸고 있는 이그라드 족에게는 대기 전력이 또 있었다.

그들이 증원군으로 가세하면서 이제 정말 전장은 앞뒤를 예측할 수 없는 혼전 양상으로 빠져들었다. 혈투(血鬪)였다.

*   *   *

가장 전투가 격렬해질 시점에 동원이 이끄는 스피어러 정예 부대는 전장을 빠져나왔다.

워낙에 각 전선에서 공방전이 반복되며 난전이 벌어지고 있었기 때문에, 동원 일행의 이탈을 즉각적으로 감지한 상대는 아무도 없었다.

333명의 동료들은 모두 살아 있었다.

희생자는 없었고, 동원과 비슷하게 경미한 부상을 입은 스피어러가 일부 있었다.

일당백에 가까운 활약을 하던 최정예 스피어러들이 빠져나갔으니, 남은 연합군들이 받게 될 전투의 강도는 더욱 높아질 것이다.

모두가 그것을 인지하고 있었다.

그래서 그 어느 누구도 잡담이나 장난스러운 말을 내뱉지 않고, 묵묵히 정해진 경로를 따라 신속하게 움직였다.

"······."

전장을 빠르게 빠져나오며, 스피어러들은 방금 전까지 자신들이 있던 자리를 되돌아보았다.

여기저기서 피가 튀고, 여과되지 않은 그대로의 비명 소리가 터져 나왔다.

하나둘씩 꺼져가는 생명의 불씨는 양쪽 모두에게 지분이 있었고, 서로가 서로를 원망하며 그렇게 죽어갔다.

이제부터는 시간 싸움이었다.

동원은 체내에 여전히 건재해 있는 네 개의 코어의 힘을 다시 한 번 되새겼다.

자그네트, 그와의 마지막 승부가 코앞으로 다가오고 있

었다.

　사람의 몸 하나가 겨우 비집고 들어갈 수 있을 만한 샛길
을 따라 스피어러들이 최대한 빠르게 움직였다. 그 누구에
게도 알려지지 않은 것이 이상하지 않을 정도로 길은 매우
비좁고 어두웠다.

　유심히 보지 않으면, 도저히 샛길이 있을 것이라고 상상
조차 할 수 없는 루트였다.

　서쪽에서부터 몰려오기 시작한 모래바람은 이내 전역을
감쌌다.

　등 뒤로 보이던 에스가드 평원의 전경도 모래바람에 휘
말려 더 이상 아무것도 보이지 않는 곳이 되어버렸고, 스피
어러 부대가 이동 중인 이 길목 역시 바로 눈앞만 확인할
수 있을 정도로 시야가 좁아졌다.

　그렇게 얼마를 이동했을까.

　끝날 것 같지 않던 '이그나 그라드'로의 샛길의 끝이 보
이고, 모래바람의 영향이 약해진 그 시점에서…

　"저곳이……."

　드디어 스피어러들의 눈앞에 말로만 듣던 공포의 대상이
그 위용을 드러냈다.

　바로 죽음의 탑, 이그라드의 로드 자그네트가 머물고 있

는 곳이었다.

*　　　*　　　*

"작은 탑이 아니라, 거대한 피라미드를 옮겨다 놓은 것
같군. 이건 정말 거대한 구조물이야. 왜 그렇게 먼 곳에서
도 한눈에 보였는지, 그리고 공포를 불러일으켰는지 알 만
하군."

"쉽진 않겠군."

기나긴 샛길로의 이동을 끝낸 스피어러들이 마주한 것은
하늘 높이 솟아 있는 거대한 탑이었다.

피사의 사탑과 같이 아기자기한 그런 탑이 아닌, 상하좌
우를 한눈에 가늠하기에는 그 정도와 차원을 달리하는 규
모의 거대한 탑이었다.

산에 가려져 보이지 않던 죽음의 탑이 모습을 온전히 드
러내자, 이를 마주 보는 모든 스피어러들의 눈빛에 만감이
교차했다.

경외, 증오, 분노, 부정… 몇 개의 단어로 압축시킬 수 없
는 수많은 감정이었다.

"탑에는 지름길이 없어. 저 아래부터 시작해서 꼭대기까
지 올라가는 구조로 되어 있지. 신속하게 움직인다. 더 이

상 우리에게 물러날 공간도, 그럴 수 있는 여유도 없다."

동원의 말에 모두가 묵묵히 고개를 끄덕였다.

그리고…

비탈길을 따라 신속하게 죽음의 탑, 정면의 1층을 향해 빠른 속도로 질주하기 시작했다.

까아아악, 까아아악.

흡사 까마귀 소리를 내는 듯한 기괴한 변이체들이 탑 주변 상공을 배회했다.

지나치게 정직해서 누가 봐도 뻔한 루트로의 이동이었지만, 지금으로서는 다른 방법이 없었다.

총 333명.

동원은 아주 잠깐이나마, '꿈'과 같은 마음으로 기도했다.

이 인원 모두가, 이 전투가 끝났을 때 온전히 자신의 옆에서 숨 쉬고 있을 수 있기를.

하지만 이내 현실을 받아들였고, 그 현실은 이 자리에 있는 모든 스피어러들에게 공통된 생각으로 남아 있었다.

어쩌면…….

지금 바로 옆에서 숨 쉬고 있는 스피어러 동료들이 불과 몇 분, 아니 몇십 분 뒤면 더 이상 함께 서 있지 못하게 될 수도 있다는 것을.

그리고 지금 보는 아도네스 행성의 어두운 밤하늘의 별들이 마지막으로 보는 아름다운 광경이 될지도 모른다는 것을.

"끄아아아악!"
이그나 그라드에서의 첫 전투.
희생자는 스피어러에서 나왔다. 전혀 예상치도 못했던 자폭 쥐들의 공격 때문이었다.

혹시나 있을지도 모를 거라 생각했지만, 자폭 쥐들은 지면 아래에 매복한 채 기다리고 있다가 기습적으로 지면으로 튀어올라 그대로 스피어러와 폭사했다.

그 과정에서 전혀 대비조차 하지 못했던 스피어러가 바로 희생됐다.

순식간에 수십 마리의 자폭 쥐들이 달라붙으니 거대한 불기둥이 되는 것은 한순간이었다.

"여기는 계획대로 우리가 맡겠습니다. 신속하게 통과하십시오!"
독일 팀의 리더가 소리쳤다.

공용어인 영어로 들려온 그의 목소리에서는 결연함이 묻어났다.

이번 정예에 선발된 독일 팀의 구성원은 스물둘. 결코 적은 숫자가 아니었다.

그들은 앞서 논의되었던 대로 탑으로 들어오는 정문을 돌파하고 그 입구를 지키기로 했다.

주변에는 여전히 파악되지 않은 변이체들이 있고, 경우에 따라서는 탑으로 들어간 스피어러들이 위아래로 공격당하는 형태가 될 수도 있었기 때문이다.

"부탁합니다."

"걱정 마시고, 어서!"

"신속하게 진입한다!"

동원이 동료들을 독려하며 정문 앞에 주둔하고 있던 전사들을 순식간에 전멸시키고 그대로 정문 안으로 들어갔다.

그러자 탑 주변의 수풀들이 들썩이기 시작하며, 이내 변이체들이 모습을 드러내기 시작했다.

"다들 일정 거리 유지하고. 놈들에게 휘둘리는 일이 없도록 해. 저 자폭 쥐들은 내가 직접 꾀어내서 처리하겠다. 그러니 오지랖 넓게 내 신경들 쓰지 말고, 각자 자리에서 자기 목숨들 지켜. 알았나?"

"예, 알겠습니다!"

독일 팀의 리더인 슈타인의 외침에 모두가 일제히 응답했다.

슈타인은 케인처럼 신속하게 움직이는 기동성 있는 전투에 능한 스피어러였다.

스피어러들의 진입 시기와 맞물려 주변에서 모습을 드러낸 것은 자폭 쥐들과 대형화된 딱정벌레처럼 생긴 변이체들이었다.

슈타인은 동료들로 하여금 대형 변이체를 상대하게 하고, 그 과정에서 가장 껄끄럽게 상황을 풀어가게 만들 가능성이 큰 자폭 쥐들을 처리할 생각이었다.

쉬울 것이라고는 생각하지 않았다.

경우에 따라서는 에스가드 평원에서 홀연히 목숨을 던졌던 브리그 족의 전사들처럼… 저 자폭 쥐들과 함께 생을 마감할 생각도 슈타인의 머릿속에는 있었다.

"리더, 절대로 죽으면 안 됩니다!"

동료 중 누군가의 눈물 섞인 목소리가 들려왔다. 그 한마디에 모든 진심과 감정이 담겨 있었다.

슈타인은 순간 울컥해지려던 마음을 바로잡고는 뒤를 흘깃 노려보며 욕지거리를 내뱉었다.

"병신 같은 새끼야, 네 앞가림이나 해라."

그 마음을 몰라서 하는 소리가 아니었다. 알고 있다. 서로가 서로의 생존을 비는 그 간절한 마음을.

그래서 더 내색하고 싶지 않았다.

아파하고 싶지도 않았다.

지금 이 자리에 서 있는 동료들을 자신의 목숨을 던져서라도 꼭 지켜주고 싶었다.

"전부 집중해!"

슈타인이 다시 한 번 소리치며 주의를 환기시켰다.

독일 팀의 모든 스피어러들이 모두 다시금 자세를 고쳐잡으며, 정면에서 몰려드는 변이체들을 바라보았다.

그들은 알고 있었다.

여기가 뚫리게 되면, 안으로 들어간 309명의 스피어러들이 위험해진다는 것을.

눈앞에 보이는, 앞서 목숨을 잃은 두 스피어러의 시신이 그 증거를 단적으로 보여주고 있었다.

제8장
죽음의 탑

죽음의 탑 1층.

흔히들 생각해 볼 법한 건물 1층과는 비교도 되지 않을 만큼, 탑의 넓이와 높이는 상상을 초월했다.

비유를 하자면 축구 경기장 네댓 개를 가져와 붙여놓은 정도의 넓이와 높이였다.

입구에서 가장 멀리 떨어진 끝에 2층으로 올라가는 계단이 있었는데, 그 계단에 가기 전에 마주쳐야 할 상대들이 일찌감치 자리를 잡고 있었다.

"키히히히……."

전사들 사이에 섞여 있는 악어 변이체들이 기이한 웃음을 흘리고 있었다.

앞서 이유리가 탐색을 위해 날려본 화살 덕분에 놈의 자신감의 이유를 스피어러들은 인지하고 있었다.

물리 내성, 그리고 결빙 공격에 대한 내성.

이 녀석은 두 가지의 내성을 혼합으로 보유하고 있는 까다로운 놈이었다.

게다가 날카롭게 세공된 듯한 양팔은 그야말로 움직이는 검이나 다를 것이 없었다.

두꺼운 근육으로 무장한 악어 변이체들의 두 다리는 당장에라도 어디로든 튀어나갈 기세였다.

내성을 가졌다는 자신감 덕분인지 두려움도 없어 보였다.

딸깍, 딸깍.

동원이 건틀릿을 어루만지며 내부의 속성을 컨트롤했다.

이렇게 된 이상 변이체들은 원거리로 마법 공격을 하는 서희 같은 딜러들이나 자신처럼 속성을 인챈트해서 싸울 수 있는 스피어러가 상대해야 했다.

이정우나 김혁수, 케인처럼 검이나 육체를 이용한 물리 공격을 펼치는 스피어러들은 효율성이 크게 떨어졌다.

세 사람 모두 별도로 속성을 인챈트해서 싸울 수는 있었지만, 동원처럼 압도적인 힘까지 있는 것은 아니기에 하이 리스크 로우 리턴이었다.

그러느니 차라리 이그라드 전사들을 상대하는 게 나았다.

"후우."

동원이 뜨거운 숨을 깊게 내쉬었다.

이제부터는 단 일분일초도 긴장을 늦춰서는 안 된다.

언제 자그네트와 그의 기사들이 모습을 드러낼지 알 수 없었다.

이미 탑에 들어온 자신과 스피어러들의 존재는 인지했을 것이고, 그들은 최적의 타이밍에 스피어러들을 모두 제거할 수 있는 기회를 잡으려 할 것이다.

그 과정에서 각층에 존재하는 수많은 이그라드 전사들과 변이체들은 스피어러들의 힘과 체력을 빼놓는 역할을 할 것이고, 점점 전력은 약화될 터.

"……."

동원은 잠시 생각에 잠겼다.

당초의 계획은 각 층계에 위치한 변이체와 전사들을 제거하며, 단계적으로 위로 올라가는 것이었다.

가장 쉬운 정공법이고, 모두가 당연하게 여기는 방법이기도 했다.

하지만 한 가지 간과한 사실이 있었다.

탑의 한 층 한 층에 위치한 적들을 제거할 때까지 과연 자그네트와 그의 호위 기사들이 가만히 있을까, 하는 것에 대한 문제였다.

정공법의 가장 큰 약점은 변수다.

갑작스런 상황이 발생하면 정예로 이루어진 스피어러라고 해도 즉각적으로 반응을 하는 것이 쉽지 않다. 그래서 동원은 생각을 비틀어보기로 했다.

어차피 이 전투의 최종 목적은 결국 자그네트와의 싸움이다.

아무리 변이체들과 전사들을 상대로 잘 싸웠다고 하더라도, 자그네트가 죽지 않으면 아무런 의미가 없다.

게다가 그에게는 모든 변이체들을 되살릴 능력이 있지 않던가?

난전(亂廛).

동원의 머릿속에 떠오른 단어였다.

차라리 이런 식이라면 난전을 유도하는 게 나을 것 같았다.

예측 가능한 흐름으로 전개되는 전투는 대비하고 있는 쪽이 훨씬 유리하게 만든다.

지금까지 스피어 내에서 동원을 비롯한 정예 스피어러들

이 항상 생존할 수 있었던 것은 언제나 생각하고 판단하고 예측하며, 계획을 세워왔기 때문이다.

빅 웨이브도, 이후에 있었던 웨이브도, 그리고 오염지대 탐사나 포탈 통제 등도 모두 예측 가능한 변이체들의 움직임이 있었기에 성공적으로 해낼 수 있었던 일이었다.

동원은 지금의 상황이 자그네트의 생각의 범주 안에서 흘러가고 있다고 생각했다.

그는 한 종족을 통제할 수 있는 힘과 지도력을 지닌 로드였고, 그런 그가 아무것도 모르는 바보일 리는 없었다.

앞서의 계획은 너무 단순했던 것이다.

가장 안전한 방법으로 내린 결정이었지만, 실상은 가장 위험한 방법이라는 것이 동원의 판단이었다.

"그렇다면……."

동원은 생각을 가다듬었다.

그렇다고 해서 동료들 모두를 난전의 구렁텅이로 몰아넣는 것은 현명한 방법이 아니었다.

동원은 전체적인 판세를 한 번 세게 흔들어줄 생각이었다.

자신에게는 그럴 힘과 능력이 있었다. 다른 스피어러들과는 비교도 되지 않을, 그 끝을 알 수 없는 힘이.

"혁수 씨."

"예?"

"지휘를 부탁합니다. 판을 한 번 확실하게 흔들어 보죠. 무리하지 말고 계속해서 상대를 제압해 주십시오."

동원은 미련 없이 김혁수에게 지휘를 맡겼다.

그는 가온의 리더로서 활동했던 전적도 있고, 전장의 상황을 파악함에 있어 동원보다 눈썰미가 훨씬 더 좋았다.

동원은 각개전투에 능한 전사 타입이었고, 김혁수는 큰 그림을 보는 것에 능한 지휘관 타입이었다.

동원은 서희나 이정우, 이유리보다는 이미 검증된 김혁수의 리더십을 믿었고, 자신의 부재 시 김혁수가 대신 지휘하는 것에 대해서도 이미 사전에 얘기가 된 상태였다.

그라면 무모한 시도나 결정은 하지 않을 것이다.

"오빠!"

"내게 생각이 있어."

이유리가 순식간에 전열을 이탈해, 변이체 사이로 파고드는 동원의 뒷모습을 보며 소리쳤다.

전혀 예상치도 않았던 움직임.

그 때문인지 정면에서 몰려드는 스피어러들을 기다리고 있던 변이체와 전사들의 모습에서도 당황스러움이 일었다.

뻐어어억!

"크헤에에에엑!"

자신의 의지와 상관없이 동원의 이동 경로를 가로막은 변이체 하나가 그대로 동원의 펀치에 포물선을 그리며 나가떨어졌다.

쌔앵!

"……!"

동원은 동선을 막는 변이체 하나만 제거하고는 미련 없이 그대로 질주했다.

바로 옆으로 수많은 변이체들과 이그라드 전사들이 늘어서 있었지만, 동원에게는 고려 대상조차 되지 않는 것 같아 보였다.

동원은 정말 관심조차 없는 것처럼 그대로 전선을 돌파해서는 2층으로 향하는 계단으로 달리고 있었다.

그러자 전선을 형성하고 수비할 준비를 하고 있던 전사들과 변이체들의 대열에도 흐트러짐이 생겼다.

이들에게 내려진 명령의 주 목적은 스피어러를 막는 것이었지만, 그중에서도 최우선 제거 상대로 타겟팅이 된 것은 당연히 동원이었다.

한데 동원이 홀연히 자신들의 곁을 지나 그대로 뒤로 빠져나가 버렸으니, 우선순위에서 혼동이 빚어지기 시작한 것이다.

이대로 동원을 쫓게 되면 대오가 흐트러지게 되고, 그렇다고 정면의 스피어러들을 상대하게 되면 동원은 저항 없이 2층으로 바로 올라가게 되는 것이다.

"거세게 밀어붙입시다! 선택을 강요하는 것만큼 가장 껄끄러운 상황도 없으니."

적들에게서 감지된 묘한 분열의 조짐을 감지한 김혁수가 소리쳤다.

그러자 스피어러들이 더욱 속도를 높이며, 그대로 전사들과 변이체들을 향해 맹렬한 기세로 달려들었다.

"후후."

그 순간, 김혁수의 입가에 미소가 돌았다.

동원의 노림수가 적중한 것이다.

적들의 진형이 갈라졌다.

이그라드 전사들은 부리나케 동원의 뒤를 쫓았다.

그가 가진 파괴력을 알고 있었고, 때문에 동원이 자신들의 시야에서 벗어나는 것을 용납할 수 없었던 것이다.

그들 역시 이그라드 족의 미래를 위해 싸우는 전사들이었고, 동원은 최대의 적이었다.

최대의 적을 내버려 둔 채 그 수하들과 싸울 수는 없다고 판단한 것이다.

"모든 것이 생각대로는 되지 않을 거다, 자그네트."

동원이 결국 자신의 뒤를 쫓기 시작한 전사들을 보며 입가에 미소를 지었다.

이제 탑에서의 전투는 언제 어디로 튈지 모르는 고무공처럼 복잡해져가고 있었다.

그리고 동원은 자신의 힘이 가진 강점을 이용해 최대한 적을 뒤흔들어 볼 생각이었다.

계산을 세울 수 없는 난전.

그것이 동원이 목숨을 건 탑에서의 전투에서 노리고 있는 처음이자 마지막 노림수였다.

그리고 김혁수를 비롯한 정예 스피어러들은 동원의 노림수를 확실하게 인지하고 있었다.

그것은 누가 굳이 말해주지 않아도 본능적으로 느낄 수 있는 생각이자, 판단이었다.

"죽여도 죽여도 끝이 없잖아! 빌어먹을!"

"이런 놈들이 나중에 한 번 더 살아난다고 하지 않았어?"

"씨발, 그래도 죽여야지, 어떻게 해?"

스피어러 정예 부대들이 죽음의 탑에 진입하여 개전했을 무렵, 에스가드 평원에서는 더욱더 격렬해진 전투가 한창이었다.

일진일퇴의 공방전을 반복하며 스피어러들은 이그라드 전사들을 제거하는 데 전력을 다했다.

변이체들은 자그네트가 코어의 힘으로 다시 한 번 되살리는 것이 가능했기 때문에 최우선 제거 대상이 아니었다.

완력이 뛰어나고 외피가 두꺼운 이그라드 족들은 단번에 숨통을 끊기가 쉽지 않았다.

게다가 변이체들의 연계 공격이 좋아서 전사를 제거하는데 시간을 허비하게 되면 바로 변이체들의 맹공이 이어졌다.

전장을 수놓은 수많은 변이체들의 모습은 그야말로 장관이었다.

세상에 존재할 수 있는 모든 곤충과 짐승들의 모습이 모두 변이체가 되어 있었다.

신체의 일부가 거대하게, 또는 날카롭게 변이되거나 내성을 획득하여 강해진 변이체들은 전장에서 부상을 입거나 기동력이 떨어진 스피어러들을 집중적으로 공략하여 제거했다.

한 명의 스피어러를 제거하기 위해 수백에 가까운 변이체가 단번에 달려들기도 했다.

그 와중에 엄청나게 많은 변이체들이 죽어나갔지만, 그래도 변이체들은 한 명의 스피어러의 목숨을 '확실하게' 거두기 위해 총력을 다했다.

슈트를 갈기갈기 찢어버리고 사지를 모두 뜯거나 잘라내

어 절단했다.

그리고 여전히 숨이 붙어 있으면 심장을 비롯한 내장 기관들을 끄집어내어 성난 맹수처럼 게걸스럽게 먹어 치웠다.

그 광경은 수많은 전투로 참혹함에 익숙해진 스피어러들에게도 좀처럼 두 눈 뜨고 지켜보기 힘든 광경이었다.

숨이 끊어진 스피어러들은 시신조차 수습하기 힘들 정도로 널브러진 '고기 조각'이 되어 있었다.

브리그 족의 희생 덕분에 자폭 쥐들이 다수 사라진 것은 전황을 스피어러들에게 유리하게 만들었다.

물론 그 많은 자폭 쥐들은 자그네트가 코어의 힘을 사용하면 다시 부활할 것이다.

그것을 알면서도 브리그 전사들이 목숨을 내놓은 것은 자폭 쥐들이 그만큼 껄끄러웠기 때문이다.

그들의 숭고한 희생으로 자폭 쥐들이 다수 제거되자, 전황은 스피어러들이 풀어가기 좋게 변했다.

에스가드 평원 중심을 기점으로 팽팽하게 형성됐던 전선은 이그라드 족이 1㎞ 이상을 후퇴해야 할 정도로 뒤로 밀려났다.

덕분에 여기저기 구축해 두었던 방어 시설들이 연합군의 손에 들어갔고, 대형 변이체들이 고립되어 제거됐다.

스피어러들은 더욱 힘을 냈다.

그리고 평원 뒤 저 멀리 흐릿하게 보이는 죽음의 탑을 한 번씩 응시했다.

부디 저곳에서 좋은 소식을 들려주기를…….

그것 하나만을 간절히 기원할 뿐이었다.

일분일초, 잠깐 동안에도 수많은 생명의 불씨들이 사그라졌다.

연합군은 숨이 끊어지는 그 순간까지 적들을 베었고, 그것은 이그라드 전사들 역시 마찬가지였다.

서로를 죽이기 위해 필사적이었고, 인정과 자비는 없었다.

누군가는 이 악연을 끊기 위해, 누군가는 행성에서의 패권을 빼앗기지 않기 위해, 누군가는 사그라든 종족의 번영을 되찾기 위해… 처절하게 싸웠다.

제9장
상층부로

  동원의 질주에는 거침이 없었다.

  동원은 계속해서 탑의 상층부로 달려가고 있었다.

  "나와라! 어떤 놈이든."

  동원이 노리는 것은 잔챙이들이 아니었다. 변이체들도,
전사들도 동원의 상대는 되지 못했다.

  이미 동원의 앞길을 막아섰던 변이체들과 전사들이 전부
불귀의 객이 되어버렸다.

  동원은 최대한 절제된 동작으로 가장 파괴력이 큰 카운
터를 날렸고, 그때마다 둔탁한 소리와 함께 피를 토해내며 나가떨어지는 적들의 모습이 마치 '복사된 화면'처럼 되풀이됐다.

각층에서 격전이 벌어졌다.

동원을 쫓으려는 전사들과 변이체들, 그리고 동원의 뒤를 바로 따라가며 백업을 하려는 스피어러 정예 부대 간의 뒤엉킨 교전이 발생하면서, 여기저기에서 양쪽의 전력이 뒤섞였다.

각층의 상황에 맞게 미리 약속해 두었던 대로 스피어러들은 우왕좌왕하지 않고 각층에 남아야 될 전력이 남아 방어전을 치렀다.

입구에서 독일 팀이 정문으로 진입하려는 변이체들을 막아내듯, 각각의 팀들이 추가로 적들이 층계를 따라 위로 올라가지 못하도록 길목을 막아서서 싸웠다.

층계를 올라갈수록 변이체들의 수는 급격하게 줄었고, 전사들의 수도 줄었다.

그 대신, 각각의 전사들이 가진 능력과 힘의 수준은 배에 가깝게 늘어났다.

계속해서 스피어러들이 각층에서의 전투를 막기 위해 이탈했고, 최종 층인 10층을 남겨두고 동원이 9층에 도착했을 때, 동원의 곁에는 13명의 스피어러들이 있었다.

동원.

이정우, 김혁수, 서희, 이유리.

그리고 케인과 히어로즈 클랜 소속의 스피어러 7명.

"저놈은 저희 셋이 맡겠습니다. 올라가십시오."

"부탁한다."

케인과 동원에게 히어로즈 클랜의 스피어러 셋이 말을 전했다.

그들은 여기 있는 일원들 중 가장 체력 소모가 많았고, 대형화된 변이체들을 상대하기에 알맞은 완력이 있는 스피어러였다.

9층을 지키고 있는 것은 일전에도 본 적이 있는 자이언트 웜이었다.

더 날카로운 이빨로 무장하고, 몸의 여기저기에 나 있는 구멍으로 수많은 미니 웜들을 만들어내는, 그야말로 걸어 다니는 폭탄 공장이었다.

방어형 기술로 무장한 세 명의 스피어러는 지금으로서는 자이언트 웜을 상대하기 가장 좋은 조합이기도 했다.

그아아아아아악!

자이언트 웜이 역겨운 냄새가 물씬 풍기는 함성을 토해내며 스피어러들을 바라보았다.

자연스럽게 세 스피어러가 자이언트 웜에게로 향하고, 놈 역시 자신의 상대가 스피어러 셋이라는 것을 인지한 듯

시선을 그쪽으로 돌렸다.

스피어러 일부가 마지막 층인 10층으로 향할 것이라는 사실을 어느 정도 인지하고 묵인해 줄 것으로 보였다.

"올라가죠."

동원이 남은 동료들을 이끌었다.

동원은 9층에 남은 스피어러 셋을 믿었다.

지켜줄 수 있을까? 설마 당하지는 않을까? 죽는 것은 아닐까?

이런 생각은 하지 않았다.

자신과 동료들을 믿지 못하면 이 전투에서는 승리할 수 없다.

동원은 지금 에스가드 평원에서 싸우고 있던 수많은 스피어러들과 브리그 족 전사들, 그리고 입구에서부터 각 층계를 맡아 싸우고 있는 동료들을 믿었다.

그들이 자신을 믿고 있듯, 자신도 그들을 믿었다.

구르르르릉.

우르르르! 쾅쾅!

쏴아아아아!

어느새 죽음의 탑 주변으로 몰려든 먹구름들이 굵은 빗줄기를 쏟아내기 시작했다.

휘이이이이이이!

일진광풍이 불어닥치자 굵은 빗줄기들이 여과 없이 탑 안으로 쏟아졌다.

갑작스럽게 변한 날씨는 앞으로 벌어질 전투에 대한 징조를 알려주듯, 쉴 새 없이 비바람을 탑 안으로 휘몰아치게 만들었다.

따각, 따각, 따각.

마지막 최상층으로 향하는 나선형의 계단.

동원은 위를 응시했다.

아직은 아무것도 보이지 않았지만, 느껴졌다.

방금 전까지 변이체나 전사들에게 느꼈던 살기와는 비교도 되지 않을 엄청난 음기가.

그들은, 기다리고 있다.

*   *   *

"……."

그로부터 얼마 후.

동원은 드디어… 이 지긋지긋한 악연의 발단을 제공한 그 원인을 직접 마주할 수 있었다.

이그라드의 로드, 자그네트.

그리고 그를 호위하는 일곱 명의 기사들.

이들이 바로 아도네스 행성을 폐허로 만들고, 브리그 족의 코어를 탈취했으며, 인간들에게 지옥을 경험하게 만들었던 악의 원흉이었다.

"자그네트."

"네놈이 발칙하게 코어의 힘을 탈취한 그 쥐새끼였군. 후후, 예상했던 것보다는 정말 작은… 그저 평범한 인간이군. 내심 듬직한 거인을 기대했는데 말이야, 후후후."

자그네트는 동원을 보며 비소를 머금었다.

그는 황금색의 갑옷과 투구를 갖춰 입고, 예기를 잔뜩 머금은 장검을 들고 있었다.

어림짐작으로 보는 길이만 해도 2m는 족히 넘길 듯한 긴 검이었다.

자그네트는 이그라드의 혈통답게 키도 상상을 초월했다.

3m에 달하는 키와 육중한 체구에서는 그 자체로도 위압감이 묻어났고, 그의 몸에서는 붉은빛의 오라가 끊임없이 흘러 나왔다.

"……."

일곱의 기사들은 아무 말이 없었다.

그들은 모두 흑갑을 걸치고 있었다.

그리고 자그네트처럼 투구로 얼굴을 모두 가리고 있었

고, 그들 역시 검으로 무장하고 있었다.

여덟 명의 검사들.

유일하게 이들에 대한 정보가 없는 동원과 일행들로서는 반드시 탐색전이 필요했다.

툭.

"인간, 내가 한 가지 제안을 하지."

그때, 자그네트가 들고 있던 장검을 지면에 내리꽂으며 동원에게 말을 걸었다.

그의 목소리는 차분하고 낮았다.

"우리와 손을 잡자. 우리는 더 이상 코어를 만들어낼 수도 없고, 더 이상 변이체를 생산할 수도 없다. 즉, 이제 너희들의 문명을 건드릴 수 없다는 이야기지. 하지만 포탈은 존재하고, 이 행성과 교류할 수 있는 여지는 충분하다. 우리와 협력하여 브리그 족을 말살시킨다면… 브리그 족의 터전을 모두 인간들에게 건네주지. 더 나아가 다른 행성으로의 진출도 도와주겠다. 모든 종족과 문명의 숙명이 아니던가? 새로운 터전, 새로운 공간의 개척은 말이야."

자그네트의 제안을 적이 아닌 동료, 혹은 교섭 대상으로서의 만남에서 들었다면 두 손을 들어 반겼을지도 모른다.

하지만 이젠 그런 사탕발림에 넘어갈 이유도, 생각도 없었다.

"오늘 이 자리에서 우리 둘 중 하나는 사라진다. 결론은 그것뿐이다. 오늘 숨이 끊어질 운명이 내가 아니라면… 자그네트, 네가 그 운명을 받아들이게 될 것이다."

"후후, 협상 결렬인가?"

"끝을 내자."

빠지지직, 빠지직.

동원이 건틀릿을 어루만졌다.

스피어러가 되었던 그날.

너클을 잠시 꼈었던 때를 빼고는 항상 동원의 양손을 감싸 주던 건틀릿이었다.

이 건틀릿 아래에서 수많은 변이체들과 전사들이 목숨을 잃었다.

끊임없이 수리와 개조를 반복하며, 건틀릿은 동원의 전천후 공격을 가능하게 만드는 최고의 병기로 거듭났다.

이제 전장에서 늘 함께해 온 건틀릿과 전쟁의 종지부를 찍을 시간이었다.

"어리석은 인간, 너와 네 종족 모두의 피가 이 아도네스 행성에 흩뿌려져 양분이 될 것이다."

"설령 우리 모두의 피가 흩뿌려진다고 해도 그 전에 네 피부터 뿌려지게 될 테니 걱정 마라. 왜 이렇게 말이 길어?

두렵나? 자신이 없어? 그래, 자그네트. 그렇게 두렵다면…
내가 가지."

"후후, 오만의 끝이 뭔지 보여주마!"

동원의 시원한 도발이 먹혀들었다.

자그네트가 동원을 보고 그대로 맹렬한 기세로 달려들었
다.

스피어러들에게는 약속된 움직임이 있었다.

동원은 오로지 자그네트만을 마크한다. 그가 다른 스피
어러들을 공격할 수 없도록 모든 동선을 차단하고 맹공을
퍼붓는다.

그 대신 동료들은 남은 일곱 기사의 움직임을 봉쇄하고,
그들이 동원을 노리지 못하도록 전력을 다한다.

이것이 동원이 오래전부터 강조해 온 마지막 전투의 첫
번째 그림이었다.

"으랏차!"

뻐어억! 뻑! 뻐억!

"…표정이 왜 저래?"

휘이이이익!

"크윽, 제기랄! 너희들은 아픈 게 뭔지도 모르는 거냐?"

첫 시작은 이정우가 끊었다.

이정우는 기사들 중 한 명을 노렸고, 힘을 확실하게 실은 삼연격 공격이 눈 깜짝할 사이에 명중했다.

　신속한 공격이었기 때문에 기사는 방어 동작도 취하기 전에 얼굴을 내주고 말았고, 이정우는 정말 '깔끔하다' 생각할 정도로 완벽하게 3연타를 이어갈 수 있었다.

　한데 그렇게 연타 공격을 당한 기사의 표정에는 아무런 변화가 없었다.

　강력한 일격을 받았음에도 목 한 번 돌아가지를 않았다.

　마치 깃털 같은 것으로 맞은 것인 양 오히려 씨익 미소까지 짓고 있었다.

　"방어막 같은 게 있어요. 자그네트가 만들어주는."

　피잉!

　그때, 이정우가 미처 캐치하지 못했던 부분을 이유리가 언급해 주었다.

　그와 동시에 이유리가 활시위에 메긴 화살 하나가 쏜살같이 기사에게로 날아갔다.

　까앙!

　이번에는 기사가 이유리의 화살을 막았다.

　바로 그때, 이정우는 이유리가 말했던 '방어막'이 무엇인지 알아차릴 수 있었다.

"저건… 반칙 아니야?"

이정우가 입술을 질끈 깨물었다.

공격이 유효타로 닿기 전, 이유리의 말대로 기사들에게는 붉은 방어막이 생겨났다.

그 직전에 자그네트에게서 전해지는 기운이 있었는데, 그 기운이 방어막을 만들어내어 피해를 감소시켜 준 것이다.

스피어러들은 매커니즘을 확실하게 이해하진 못했지만, 이것이 자그네트가 가진 코어의 힘 때문에 발생하는 현상이라는 것쯤은 예측할 수 있었다.

그리고 방어막이 생긴다고 해서 공격을 중단해서는 안 된다는 것도 잘 알았다.

과거에도 이런 식으로 버티는 변이체나 변이체들의 보스가 있었고, 집요한 공격으로 이 방어막을 벗겨냈을 때 모래성처럼 무너지곤 했었기 때문이다.

"감탄할 시간에 도망을 치는 게 좋을 텐데."

기사의 표정에는 자신감이 가득했다.

그들은 개개인이 강력한 검술과 완력을 가진 이그라드족 최고의 전사들이기도 했지만, 동시에 자그네트의 전폭적인 지원을 받고 있는 존재들이기도 했다.

그들이 가진 자신감의 근원은 바로 붉은 배리어, 그러니까 방어막이었다.

상대가 자신을 즉사시킬 수도 있는 강력한 일격을 가하더라도, 방어막이 이를 버텨줄 수 있으니 더 매섭게 공격을 퍼부을 수 있는 것이다.

끼리리릭!

하지만 바로 그때…

이유리가 다시 한 번 빠르게 활시위를 당겼다.

그리고 정신을 집중하자 화살 끝에 붉은빛의 기운이 활활 타오르기 시작했다. 화(火) 속성이었다.

이정우는 이유리가 굳이 의미 없는 공격을 지금 왜 이어가려는가 싶었다.

속성 부여까지 하는 건 어쨌든 자신의 힘과 정신력을 소모해야 하는 것이었으니까.

일반 화살 공격도 괜찮을 것이라 판단한 것이다.

쿠웅!

그 순간, 탑 저 멀리에서 큰 지축의 울림이 있었다.

이미 한바탕 먼지가 자욱하게 일며, 자그네트와 동원이 그야말로 난타전을 벌이고 있었다.

그사이 이유리가 무엇을 캐치했던 모양이었다.

피이이잉! 푸욱!

"큭……!"

그 순간, 자신만만하게 서 있던 기사의 왼쪽 팔에 이유리의 화살이 꽂혔다.

일순간 불길이 타올랐다가 사라졌고, 불길이 사라진 자리에는 화상을 입은 기사의 손이 남았다.

이유리의 허를 찌른 공격에 기사는 적잖이 당황한 눈치였다.

눈치가 빠른 이정우와 다른 스피어러들은 이유리가 어떤 부분을 노렸는지 바로 알아차릴 수 있었다.

동원이 자그네트를 계속해서 밀어붙이면서 다른 곳에 신경을 쓸 겨를조차 없게 만들자, 기사들을 지켜주던 배리어들도 걷어진 것이다.

결국 코어의 힘을 가지고 있는 자그네트가 보호해 주지 않으면 기사들도 보호막을 '항시' 유지할 수 있는 상태는 아닌 것이다.

하지만 동원의 맹공에서 빠져나와 전장의 다른 방향으로 자그네트가 이동하자, 다시 기사들의 몸에는 붉은빛의 기운이 감돌기 시작했다.

빈틈은 아주 잠깐이었다.

그리고 그 빈틈을 만들어내기 위해서는 동원이 고군분투해야 했다.

지금 죽음의 탑의 이곳, 10층에 와 있는 모든 스피어러들은 독립된 전투를 치르고 있는 것이 아니었다.

모든 스피어러가 하나가 된 것 같은 유기적인 움직임이 필요했다.

그래야 이그라드 로드 자그네트와 그의 일곱 기사들을 제거할 수 있는 포석을 마련할 수 있는 것이다.

제10장
버스트 타임

동원과 자그네트의 전투는 난전이었다.

이미 자욱하게 전장 여기저기에 피어오르고 있는 먼지들은 새삼스럽지도 않았다.

멀리서 스피어러들이 보기에는 별반 다를 것이 없는 힘싸움으로 보였지만, 동원과 자그네트는 일격 일격에 정말 모든 것을 걸고 싸우고 있었다.

동원은 자신이 가지고 있는 모든 기술들의 재사용 대기 시간까지 하나하나 계산해 가며 싸웠다.

카운터와 디펜시브는 거의 필수품과도 같았다.

카운터가 적용되지 않은 일격은 자그네트에게 거의 피해를 주지 못했고, 디펜시브를 적용하지 못한 방어는 뼈가 시릴 정도로 아프게 몸에 전해졌다.

검을 쓰는 자그네트와 건틀릿을 쓰는 동원.

이것은 오래전부터 동원이 전투를 치르면서 느꼈던 것이지만, 무기를 이용하는 적을 상대하는 것은 동원이 늘 불리했다.

동원이 적을 타격하기 전에 반드시 한 번은 적에게 공격을 허용할 수밖에 없는 것이 동원의 접근전이었기 때문이다.

자그네트는 자신의 상대적 우위가 어떤 상황에서 발생하는지 알았기 때문에 동원에게 거리를 주지 않고 타격하려했다.

동원에게는 파워 웨이브나 피니시, 쉐도우 카운터와 같은 광역 공격이 가능한 기술이 있었지만 재사용 대기 시간을 고려하면 난사를 하듯 사용할 수가 없었다.

안배를 해야 했다.

피니시와 쉐도우 카운터는 아수라의 분노를 통해 재사용 대기 시간이 초기화될 때 사용하는 것이 가장 이상적이었기에 아끼고 있었고, 파워 웨이브는 자그네트가 동원과의 거리를 벌려 순간적으로 공격을 이어가는 과정에 공백이 생길 때 사용했다.

그리고 카운터와 디펜시브도 묶어서가 아닌 별도로 활용을 하면서 전투의 흐름 자체를 완전 공격, 완전 수비 형태로 가져갔다.

체력은 급격하게 소진되고 있었다.

몸의 뼈마디 하나, 털 하나까지 모두 집중해서 싸워야 하는 이 전투는, 동원이 그동안 겪었던 모든 전투에서의 힘과 정신력 소모를 생각해도 비교가 안 될 정도였다.

제3자에게는 단순한 검격 한 번, 건틀릿을 이용한 일격 한 번인 전투였지만… 이 일격은 빈틈을 보이고 당하는 그 순간, 바로 죽음으로 이어질 수 있었다.

"하찮은 인간이 코어의 힘을 손에 넣으니, 그나마 좀 쓸만해진 모양이군. 그래서 이렇게 오만방자하게 나를 노리고 온 것인가?"

깡! 깡! 깡! 깡!

완전 공세.

동원은 수비에 전념하고 있었다.

그 와중에도 계속해서 유효한 공격을 자그네트에게 가하며, 버프를 유지하기 위한 조건을 채웠다.

누적과 소멸을 반복하며 애를 태우던 아수라의 증오가 8스탯까지 차올라 있었고, 방금 전 사용한 파워 웨이브도 막

재사용 대기 시간이 돌기 시작했다.

"모든 것을 바로잡는 과정에 네가 걸림돌이 되었을 뿐이야. 넌 그저 장애물일 뿐, 그 이상도 그 이하도 아니다."

"후후, 그저 장애물일 뿐이다?"

"여왕개미라고 하더라도 개미들에게나 여왕일 뿐이지, 인간들에게는 그저 발길질 한 번에 사라져 없어질 하찮은 존재가 아닌가? 딱 네가 그런 존재다."

"하하하하, 말 한번 기가 막히게 잘하는군! 어디 막는 솜씨도 기가 막힌지 한번 볼까? 하아아아압!"

자그네트는 항상 평정심을 유지하려 애쓰는 한 종족의 지도자였지만, 태생적으로 호전성이 강한 이그라드 족이기도 했다.

특히나 코어를 획득하여 남들과는 다른 고귀한 존재, 로드로서 이 세계에 군림하고 있던 자그네트에게 동원은 그야말로 성가신 존재였다.

브리그 족의 로드는 스피어라는 시스템을 만들어내고 자그네트가 노리던 인류를 지킨 엄청난 존재였다. 그것은 자그네트도 인정하는 부분이었다.

하지만 브리그 족의 로드는 죽었는지 살았는지 알 수 없는 상태로 어딘가에 있다.

지금까지 단 한 번도 실체를 드러내지 않은 것을 보면 죽었다고 보는 게 맞을 것이다.

그래서 자그네트는 자신이 이 세계, 이 행성 위에 우뚝 설 수 있는 유일한 신과도 같은 존재라고 생각했다.

적어도 동원에게 코어를 빼앗기기 전까지는.

신을 넘볼 수 있는 존재.

자신의 존재에 대해 지나치게 과대평가를 했기 때문일까?

그로 인해 생긴 방심이 동원이 노릴 수 있는 빈틈을 주었고 코어를 빼앗겼다.

그리고 내친김에 트윈 코어까지 획득하면서, 코어의 수가 역전됐다.

딱 한 번의 방심. 이로 인해 자그네트는 자신의 계획이 모두 비틀어졌다.

변이체는 더 이상 생산할 수 없게 되었고, 어느새 그 규모를 방대하게 키워온 스피어러들과 브리그 족을 동시에 상대해야 하는 껄끄러운 상황이 된 것이다.

그래서 동원만큼은 자그네트도 냉정하게 대하기가 어려웠다.

솔직하게 말하자면 분했다.

죽음의 탑 최고층에 올라온 스피어러들은 모두 강력했다.

자신의 기사들도 호각세를 유지하면서 싸울 뿐, 유효한 일격을 박아 넣지 못하고 있었다.

자그네트는 동원과 자신 사이에 생긴 잠시 동안의 소강 상태를 이용해 전장의 상황을 파악했다.

기술적인 면에서도 기사들은 다소 부족했고, 가장 큰 걸림돌은 수적 열세였다.

자그네트는 동원부터 끝낼 생각으로 격전을 벌였지만, 이 전투는 장기전으로 갈 공산이 커 보였다.

그렇다면 이 팽팽한 줄다리기에서 한 차례 균열을 이끌어낼 수 있는 건, 동원이 자신에게 그렇게 했듯이 '상대의 허를 찌르는 공격'이었다.

"으음."

의미를 알 수 없는 한 번의 헛기침.

동원은 이후 상황이 바뀌기 전까지 자그네트에게서 터져 나온 그 소리의 의미를 알지 못했다.

"하압!"

자그네트가 다시 일갈하며 동원에게로 달려들었다.

이제 수비에서 공격으로 전환할 기회였다.

아수라의 증오는 이제 9스탯을 가리키고 있었고, 모든 기술이 바로 사용이 가능하도록 준비되어 있었다.

자그네트는 호전적으로 공격을 계속 펼치는 스타일이니

만큼, 한 차례 회피해서 카운터 요건을 만족시키는 것은 일도 아니었다.

까깡! 깡! 깡! 깡!

위에서 아래로 무지막지한 힘으로 내리치는 자그네트의 검격이 동원의 건틀릿을 매섭게 밀쳐 냈다.

건틀릿과 검이 맞부딪칠 때마다 사방으로 불꽃이 튀었다.

동원의 건틀릿과 자그네트의 검이 저마다 특수한 재질로 세공된 것이 아니었다면, 진작에 찌그러지고 깨져나가 가루가 되어 없어졌을 것 같을 정도로 일격의 강도는 상당했다.

'왔다.'

그 순간, 그렇게도 애를 태우던 아수라의 분노가 활성화됐다.

모든 기술의 초기화.

동원이 노리던 버스트 타임이었다.

휘이이이이! 후웅!

피니시의 활성화.

이어서 자그네트의 검격이 아슬아슬하게 동원의 옆머리를 스쳐 지나가고.

카운터가 활성화됐다.

자그네트도 감당할 수 없을 폭발적인 데미지를 입힐 시간이 왔다.

동원이 계속해서 자그네트와 난전을 치르며 노려왔던 기회였다.

"하아아압!"

이를 아는지 모르는지.

자그네트는 양손으로 검을 움켜쥐고는, 동원의 옆구리를 노리는 듯이 횡선으로 이어지는 검로를 잡았다.

이렇게 큰 동작과 긴 검로는 동원이 피하기에는 어렵지도 않은 일격이었다.

"하아앗!"

동원은 그대로 자그네트에게 빠르게 파고들며, 그의 공격을 무위로 만들기 위한 신속한 연속 동작을 이어갔다.

이 일격이 명중하면 자그네트도 분명 큰 상처를 입게 될 것이다.

자그네트가 평범한 존재가 아니듯, 자신 역시 코어의 힘으로 무장한 엄청난 힘을 가진 존재였으니까.

"후후."

"......!"

바로 그때.

작은 웃음소리와 함께 시야에서 자그네트가 사라졌다.

그리고 자그네트가 있던 자리에 한쪽 팔에서 피를 쏟아 내고 있는 부상당한 기사 하나가 소환됐다.

"설마."

이미 진행되고 있는 공격을 거둬들일 수는 없었다.

그 순간, 동원은 자신의 등 뒤, 그러니까 동료 스피어러 들이 싸우고 있는 전장에서 느껴지는 강력한 살기를 느낄 수 있었다.

위치 교환.

자그네트와 호위 기사의 자리가 순식간에 뒤바뀐 것이 다.

"아."

동원이 짧은 탄성을 흘렸다.

그렇다고 해서 이어가던 공격을 거둬들일 수는 없었다.

강력한 버스트를 허투루 흘려보낼 수는 없었고, 동원은 자신의 눈앞에 있는 기사에게로 모든 힘을 실어 보냈다.

뻐어어엉!

"…컥!"

배리어조차 씌워지지 않은 호위 기사는 그대로 동원의 카운터 피니시를 맞고는 목이 뒤로 꺾여 버렸다.

어떤 방어 동작이나 자세도 무의미한 동원의 엄청난 일

격이었다.

마치 엿가락이 늘어나듯이 꺾여버린 호위 기사의 목.

뒤로 젖혀진 그의 머리에 달린 두 눈은 허망하게 뒤를 응시하고 있었다.

"……."

동원이 입술을 질끈 깨물었다.

뒤를 돌아보고 싶지 않았다. 이것은 자그네트의 노림수였다.

그는 자신의 노림수를 위해서 아무렇지 않게 자신의 부하의 목숨을 이용했다.

"크윽……."

"아……."

동원이 뒤를 돌아보았을 때, 동원은 자신이 예상한 가장 최악의 상황과 직면했다.

자그네트의 검끝에서는 붉은 피가 뚝뚝 흘러내리고 있었다.

그리고 방금 전까지 호위 기사를 거세게 몰아붙이며, 그로기 상태에 가깝게 몰아갔던 두 명의 스피어러들이 무릎을 꿇은 채 부릅뜬 두 눈으로 앞으로 쓰러져 가고 있었다.

히어로즈 클랜 소속이자 케인의 절친한 동료였던 스피어러 둘이었다.

"알렉스, 세르게이!"

케인의 안타까운 외침이 들려왔다.

동원은 그 순간, 잠시 멈칫하고 있던 자신의 모습을 깨닫고는 바로 자세를 고쳤다.

자그네트에 대한 견제가 풀려서는 안 된다.

자그네트는 동원이 아니고서는 그 어느 누구도 직접적으로 상대할 수 없었다.

투지, 열정, 분노, 증오만으로 상대하기에는 가지고 있는 힘의 차이가 어마어마하게 컸기 때문이다.

일곱, 그리고 여덟.

8 대 10으로 시작했던 전투의 균형이 흐트러졌다.

자그네트는 호위 기사 하나를 내주고, 스피어러 둘을 취했다.

그의 공격 앞에서는 막강한 스피어러들도 일격에 즉사를 당하고 말았다.

"그렇다면."

동원이 결심한 듯, 자그네트를 노려보았다.

그리고 머릿속으로 생각하고 되뇌듯, 코어의 힘 하나를 떠올렸다.

신체 능력 5배 강화.

동원은 이를 이용하기로 했다. 자그네트가 다른 생각을

할 수 없도록 밀어붙이고, 그 역시 코어의 힘을 쓰도록 유
도할 생각이었다.

넷, 그리고 셋.

자신이 가진 코어 한 개의 수적 우위를 적극적으로 활용
하기 위해서는 좀 더 강력하게 자신을 무장하고, 상대의 반
응을 이끌어내는 것이 최선의 방법이었다.

"하아아……."

코어의 힘 하나가 개방됐다.

신체의 모든 능력을 극한으로 끌어올리는 힘.

동원이 옅은 신음을 토해내는 사이, 동원의 몸 전체에 푸
른 기운이 감돌기 시작했다.

"시작이군."

동원에게 일어나는 변화를 바로 느낀 자그네트의 표정에
도 긴장감이 돌았다.

코어가 가진 힘의 위력을 그 누구보다도 잘 아는 자신이
었다.

다만 자그네트에게는 한 가지 약점이 있었다.

각각의 코어가 가지고 있는 모든 특별한 힘을 알고 있는
브리그 족의 대장로 알베르에 비해, 자그네트는 자신이 가
진 코어의 힘에 대해서만 인지하고 있다는 점이었다.

즉, 동원이 사용할 수 있는 코어 네 개의 능력이 어떤 것

인지는 알지 못했다.

그저 자신이 가진 세 개의 힘에 미루어 짐작해 볼 뿐이었다.

"모두 전투에 집중해!"

동원이 분위기를 환기시켰다.

동료 둘을 잃은 것은 정말 아쉽고 슬픈 일이었지만, 그 아픔을 느끼는 일은 나중에 해야 할 일이었다.

이제는 더 이상 수적 우세로 하는 게 무의미한 상황이 되었다.

쿠웅, 쿠웅.

9층에서는 여전히 격전 중인 스피어러들의 소리가 들려왔다.

그들이 10층으로 합류해 줄 수 있다면 큰 힘이 되겠지만, 9층에 위치한 자이언트 웜이 그렇게 쉽게 제거될 존재였으면 있지도 않았을 것이다.

"하아앗!"

동원이 일갈하며 자그네트에게로 달려들었다.

일거에 강해진 신체 능력은 가감 없이 동원에게 그대로 느껴졌다.

더 빨라진 움직임, 더 강력해진 힘, 그리고 상대적으로 느리게 느껴지는 자그네트와 주변의 움직임들.

마치 시간을 초월한 존재가 된 것 같았다.

방금 전까지만 해도 긴장의 끈을 놓을 수 없었던 자그네트의 공격과 움직임이 이제는 한눈에 보인다.

시이이이이잉······!

기세 좋게 동원을 노리고 사선을 그리며 날아드는 자그네트의 검이 보인다.

방금 전까지는 그 흐름을 쫓기보다는 감각적으로 막아내야 했던 자그네트의 공격이 이제는 보였다. 그것도 느린 화면 속의 한 장면처럼.

강화된 신체 능력은 자그네트와 팽팽하게 만들어져 있던 힘의 균형을 무너뜨렸다. 그리고······.

뻐억!

"크헉!"

지금껏 단 한 번도 들린 적이 없었던 자그네트의 신음 소리가 터져 나왔다.

동원의 일격이 그대로 자그네트의 얼굴 한가운데 명중한 것이다.

포물선을 그리며 자그네트의 몸이 붕 뜬 채로 날아갔다.

동원 자신도 놀랐을 정도로 코어가 만들어낸 힘의 증폭은 어마어마했다.

파앗!

동원은 바로 자그네트에게로 따라붙었다.

그리고 포물선을 그리면서 날아간 자그네트의 오른손을 노렸다.

그가 쥐고 있는 거대한 장검, 이 검이 동원의 공격을 가장 까다롭게 만드는 무기였기 때문이다.

퍼억! 퍼억!

이에 앞서 사전 작업으로 넘어진 자그네트의 얼굴 위로 내려찍는 동원의 주먹 공격이 연속해서 유효타로 작렬했다.

자그네트는 자신의 예상 범주, 그 이상으로 빨라진 동원의 공격에 호흡을 전혀 맞추지 못하고 있었다.

황급히 배리어를 펼쳐 보았지만, 동원의 무지막지한 힘은 배리어가 견뎌낼 수 있는 최대한의 충격량을 그대로 상쇄시키고 자그네트에게로 전해졌다.

유효타가 연속적으로 얼굴을 강타하자, 제아무리 강한 자그네트도 당해낼 길이 없었다.

자그네트가 다시 정신을 찾기 위해 안간힘을 쓰고 있을 때, 동원은 온 힘을 실어 자그네트의 오른팔을 내려쳤다.

빠악!

"크윽!"

둔탁한 소리와 함께 자그네트의 오른팔에 엄청난 충격이

전해졌고, 그 고통을 감당하지 못한 자그네트가 꽉 쥐고 있던 자신의 검을 놓아버렸다.

동원은 바로 그 검을 움켜쥐었다.

"하아아앗!"

그리고 일갈과 함께 자그네트의 검을 저 멀리, 탑 밖으로 던져 버렸다.

동원의 힘이 가득 실린 검은 쏜살같이 허공을 가르며 날아가 그대로 탑 밖으로 떨어졌다.

계속해서 쏟아지는 장대비는 순식간에 검의 흔적조차 보이지 않게, 빗줄기로 모든 것을 덮어버렸다.

"크윽……."

그사이, 호위 기사 하나가 목숨을 잃었다.

동원이 자그네트에게 맹공을 퍼부으면서 자그네트와 호위 기사들 사이를 이어주던 커넥션이 깨졌고, 배리어가 사라져 버린 것이다.

그 빈틈을 노리고, 이유리가 전개한 얼티밋이 100%의 유효타로 호위 기사의 전신에 적중했다.

온몸이 고슴도치처럼 화살밭이 되어버린 호위 기사는 정수리를 직격하여 파고든 화살이 치명상이 되어 그 자리에서 즉사했다.

여섯, 그리고 여덟.

다시 격차는 벌어졌다.

하지만 마냥 상황이 동원에게 유리하게만 흘러가지는 않았다.

동원은 순간 자그네트의 눈빛이 반짝이며 붉은 기운을 옅게 머금어 화염처럼 변하는 것을 목격할 수 있었다.

"……."

자그네트는 입을 굳게 다문 채로, 자신이 가지고 있던 코어의 힘 하나를 개방했다.

신체 능력을 7배 이상 강화시켜 주는 코어의 힘.

동원이 가진 그 이상의 능력이었다.

하지만 힘의 개방은 거기서 끝나지 않았다.

자그네트는 연이어 하늘로 손을 뻗었다.

그러자 이번에는 기분 나쁜 진녹색의 기운이 자그네트의 손끝을 떠나더니, 이내 사방으로 뻗어져 나가며 저 멀리 어디론가 사라졌다.

일부는 탑의 아래로 뻗어지며, 각각의 층계로 전해졌다.

동원은 그 힘의 이동 경로만 보아도 바로 이해할 수 있었다.

자그네트가 에스가드 평원의 연합군을 더 거세게 몰아붙이고, 탑에서 고군분투하고 있는 스피어러들을 핀치로 몰아넣기 위해 변이체 부활의 능력까지 사용한 것이다.

순식간에 두 개의 힘이 개방됐다.

하나는 자그네트 자신의 신체 능력을 극대화하는 것이었고, 하나는 지금껏 전력을 다해 싸워온 스피어러들의 의욕과 사기를 대폭 꺾을 회심의 일격이었다.

남아 있는 코어의 힘은 동원이 셋, 그리고 자그네트가 한 개.

하지만 코어의 수적 열세와는 관계없이, 상황은 연합군과 동원 모두에게 불리해졌다.

이제는 완벽한 수세(守勢), 피해를 최소화하며 버텨야만 하는 가장 위험한 상황이 찾아온 것이다.

제11장
재생의 저주

그와아아아아!

키키키키… 키키키키……!

"코어의 힘을 열었군. 가장 마주하고 싶지 않았던 상황이 지만 피할 수 없는 상황이겠지."

에스가드 평원에는 온통 피 냄새가 가득했다.

누구의 것인지 짐작할 수도 없는 수많은 핏물이 전장 전체를 수놓고 있었다.

연합군의 공세는 매서웠다.

덕분에 이그라드 전사들은 계속해서 방어선을 버리고 후

퇴에 후퇴를 거듭했고, 스피어러들은 그들을 거세게 몰아붙이며 각지에서 고립된 전사들을 제거하고 있었다.

모두가 자그네트가 가진 힘, 즉 변이체들의 부활에 대한 것은 인지하고 있었다.

하지만 전장의 모든 흐름이 치열하게 흘러가고, 격전이 되면서 그 사실을 자연스럽게 잊어버렸다.

하지만 이제 연합군들은 다시금 잊고 있었던 사실을 깨닫고, 곧 마주해야 할 최악의 상황을 두 눈으로 확인해야만 했다.

전장 전역에서 피어오르는 초록빛의 연기는 숨이 끊어져 있던 변이체들에게 새로운 생명력을 불어넣어 주기 시작했다.

이미 자폭해서 형체마저 사라진 자폭 쥐들은 재생되지 못했지만, 몸이 잘려 나가거나 숨이 끊어졌던 변이체들은 잘려 나간 부위가 다시 붙고, 끊어졌던 생명력이 다시 불어넣어지면서 여기저기서 몸을 일으키기 시작했다.

"하, 씨발……."

"저 개 같은 새끼들이 다시 일어나는구만."

스피어러들이 욕지거리를 내뱉었다.

변이체들과의 전투는 그야말로 진이 빠지는 일이었다.

차라리 이그라드 전사들과의 일전이 나았다.

놈들은 어느 정도 예측 가능한 공격을 했다.

물론 스피어러들의 공격도 쉬이 먹혀들어 가진 않았지만, 그래도 공방전이 가능했다.

하지만 변이체들은 앞뒤 재는 것이 없이 달려드는 살인 병기들이었다.

그래서 까다로웠다.

"다들 좌측으로 크게 돌아 후퇴한다! 이대로는 포위당할 수 있으니, 약속된 대로 후방 전선까지 반원을 크게 그리며 빠져나간다!"

알베르가 목소리를 증폭시키며 모두를 독려했다.

"씨발, 어쨌든 이 능력을 썼다는 건 그래도 우리 리더가 한 방 제대로 먹이고 있다는 것 아니냐?"

그중 스피어러 하나가 소리쳤다.

그러자 다른 스피어러들과 브리그 족 전사들이 고개를 끄덕였다.

변이체들의 부활은 지금까지 싸워온 것 그 이상으로 처절해질 전투의 예고였지만, 그렇게 하도록 자그네트의 코어 사용을 유도했다는 것 자체가 동원의 공격이 유효하게 먹혀들었다는 증거이기 때문이었다.

"씨발, 뭐 같아도 해보자! 우리가 버티지 못하면, 탑도 위험해져. 자아, 모두 이동하자! 모두 이동! 서둘러! 힘내자!"

그 말이 도화선이 됐을까?

다시금 힘을 끌어내기 시작한 연합군 모두가 사기를 끌어올리며 이동하기 시작했다.

키헤에에……

전장 여기저기서 스물스물 몸을 일으키고 있는 변이체들.

그 수는 지금까지 죽여온 변이체들 수 그대로였다.

연합군이 위안으로 삼을 수 있는 것은 방금 전까지의 공세에서 최대한 많이 줄여놓은 이그라드의 전사들, 바로 그뿐이었다.

지옥이 다시 시작됐다.

되살아난 변이체를 다시 한 번 상대하는 것은 여간 껄끄러운 일이 아니었다.

줄어든 연합군의 수와는 달리 변이체들은 대다수가 다시 원상 복귀되었고, 게다가 더 큰 문제는 이 변이체들이 앞서 자신들이 죽었을 때의 기억을 학습한 상태라는 점이었다.

이건 말이 좋아서 부활이지, 목숨이 두 개 붙어 있는 것이나 다름없는 결과물이었다.

변이체들은 바보가 아니었고, 같은 패턴에 목숨을 잃지 않기 위해 만전에 만전을 기했다.

"형, 우리 이길 수 있는 거겠지?"

"지금 탑에서 목숨 내놓고 싸우고 있을 사람들 생각 안 해? 약해 빠진 소리 하지 마. 우리 모두 살아서 돌아갈 테니까."

변이체들의 부활은 확실히 많은 스피어러들의 사기를 깎아먹고 있었다.

죽을힘을 다해서 마라톤 완주를 하고 났더니, 아직 남은 거리가 있으니 더 달리라고 하는 그런 느낌이면 비유가 맞을까.

하지만 다행히도 스피어러들은 서로를 독려하며 다시금 기운을 되찾았다.

그들의 희망, 기대는 모두 장대비가 쏟아지는 저 멀리 보이는 탑에 걸려 있었다.

보이지도 않고 들리지도 않는 전장.

지금 지옥과도 같은 이곳보다 더 죽음과 맞닿아 있는 곳이 저 '죽음의 탑'이라는 사실에는 그 어느 누구도 이견이 없었다.

"다들 동요하지 말고, 우리의 본분에 충실합시다. 오지랖 넓게 탑을 걱정할 필요도 없고, 변이체들이 살아났다고 낙담할 것도 없어요. 몰랐던 것도 아니잖습니까? 핑계거리 찾지 말고, 그 시간에 한 놈이라도 더 죽이자고요. 예?"

쌍둥이 형제, 그중에서 파이팅이 충만한 형이 스피어러들을 향해 크게 소리쳤다.

그는 어떤 직책이나 지위에 있는 스피어러도 아니었지만, 이런 말을 함에 있어서 지위나 힘의 고하는 문제가 아니라고 생각했다.

"그래, 힘을 내 봅시다! 진짜 전투는 이제부터 시작이잖아!"

"누가 겁을 먹었다 그래? 덤비라고 해! 다 죽여버릴 테니까!"

"우선은 정해진 곳까지는 후퇴합시다! 그리고 놈들을 싹 쓸어버려야지!"

누가 먼저랄 것도 없이 스피어러들이 동의하며 소리쳤다.

그러자 어깨가 축 처져 있던 스피어러들도, 눈가에 불안함이 감돌던 스피어러들도 다시금 마음을 다잡고 결의를 불태웠다.

"승희야, 끝날 때까지는 끝난 게 아니야. 형을 믿어. 그리고 우리를 믿자."

"알겠어, 형. 미안해. 내가 더 독하게 싸울게. 이 새끼들, 내가 반드시 다 죽여버릴 거야."

"후후, 그래야 내 동생이지."

쌍둥이의 형, 승철이 동생 승희의 머리를 쓰다듬으며 오른손을 굳게 맞잡았다.

그 어느 때보다도 형제의 우애와 투지가 빛나는 순간이었다.

*　　　*　　　*

에스가드 평원의 전투가 다시 한 번 전면전으로 불타오르려는 시기, 탑에서의 전투도 격화되고 있었다.

가장 먼저 들려온 나쁜 소식은 탑의 입구를 지키고 있던 독일 팀이 사상자를 다수 내면서 탑 1층으로 후퇴했다는 점이었다.

탑의 입구, 그러니까 정문의 사수는 그 어느 때보다도 중요했다.

왜냐하면 가장 좁은 길목을 이용해 소수의 인원으로 탑 밖에서 몰려드는 변이체들을 막을 수 있을 뿐만 아니라, 그렇게 하면 탑 내부에 있는 동료 스피어러들이 내부에서의 전투에만 전념할 수 있었기 때문이다.

하지만 다시 되살아난 변이체들의 맹공과 추가로 합류한 자폭 쥐들의 공격으로 인해 독일 팀은 절반에 가까운 스피어러를 잃고 퇴각했다.

자폭 쥐들은 자신들의 큰 약점인 약한 외피와 작은 몸집의 문제를 극복하기 위해, 이동 수단으로 변이체들을 선택했다.

거구의 변이체들의 등 뒤에 숨은 자폭 쥐들은 변이체들을 총알받이 삼아 스피어러들에게 최대한 가까이 접근했고, 자폭을 활성화시킨 뒤에 그대로 스피어러들에게 달려들었다.

대놓고 변이체를 방패로 쓰는 방법 앞에서는 스피어러들이라고 해도 모든 자폭 쥐들을 막을 수가 없었다.

이 방법으로 변이체도 다수 희생이 되었지만, 애초에 이들의 머릿속에는 어떻게든 스피어러들을 줄이는 것만이 프로그래밍되어 있었으므로 피해는 신경 쓰지 않는 것 같았다.

고화력을 지닌 스피어러들이 일거에 죽음을 당하자, 더 이상은 입구에서의 전투가 무의미해졌다.

독일 팀은 더 큰 피해를 내기 전에 후퇴했고, 이제는 죽음의 탑 1층이 격전지가 되었다.

변이체들의 부활로 다시금 수많은 변이체들이 살아난 시점에서 입구를 비집고 들어오는 변이체들의 수는 엄청났다.

그 바람에 탑 1층의 스피어러들은 그야말로 앞뒤로 포위된 형국이 되어버렸다.

물러설 곳이 없는 전투.

스피어러들은 침착하게 진형을 반으로 나눠 남과 북으로 전선을 구축하고, 결사항전의 준비를 했다.

그들 역시 자신도 모르게 탑 위를 올려다볼 수밖에 없었다.

지금으로서는 버티기, 그 이상을 생각할 수조차 없었다.

최대한 시간을 끌고, 가능한 한 많은 생존자를 만들어낼 수 있도록 하는 것.

그것이 1층에 위치한 100여 명의 스피어러들이 할 수 있는 최고의 방법이었다.

*   *   *

"빌어먹을……."

"혁수 씨!"

"모두 무리하지 말고, 각자의 적을 상대해! 이놈은 내가 아닌 사람이 맡아서는 안 돼!"

"후후후. 어서 네가 가진 모든 힘을 열어보는 게 어떻겠나, 인간?"

죽음의 탑 10층에서는 서희의 외침과 한 남자의 신음 소리, 그리고 동원의 다그침과 자그네트의 웃음소리가 동시에 터져 나오고 있었다.

신음 소리의 주인공은 다름 아닌 김혁수였다.

코어의 힘을 개방하면서 동원을 뛰어넘는 그 이상의 신체 능력을 획득한 자그네트는 계속해서 자신의 호위 기사들과 위치를 변환하며, 스피어러들을 집요하게 괴롭혔다.

동원을 포함한 여덟 명의 스피어러들 중, 케인과 히어로즈 클랜의 스피어러 둘이 크고 작은 부상을 입었다.

케인은 어깨에 깊은 상처가 나 왼팔을 사용하기가 불편했고, 나머지 동료 둘은 각각 왼손과 오른쪽 팔꿈치 아랫부분을 잃었다.

그 와중에 김혁수가 복부 한가운데 검을 관통당하는 상처를 입고 말았다.

동원이 재빨리 백업을 한 덕분에 그 상태에서 즉사로 이어지는 치명타는 없었지만, 이것으로 김혁수의 목숨도 장담할 수 없는 상황이 되었다.

빠악!

"크윽……."

그사이 이정우가 호위 기사 하나를 제거했다.

자그네트의 위치 교환으로 인해 계속해서 위치가 바뀌어 가며 상대하던 중 동원의 공격으로 한 차례 큰 부상을 입은 호위 기사에게 최후의 일격인 얼티밋이 들어간 것이다.

아직 서희나 이유리, 케인은 얼티밋을 사용하지 않은 대기 상태였다.

스피어러들은 상황을 봐가면서 얼티밋을 안배해가며 쓰고 있었는데, 김혁수는 자신이 준비한 회심의 얼티밋 일격이 자그네트에 의해 무산되면서 큰 부상을 입고 말았다.

그나마 다행인 것은 동원이 바로 백업을 오고, 그사이 이유리가 김혁수를 최대한 그나마 전장에서 멀리 떨어진 곳으로 끌어 나갔다는 것이었다.

자그네트의 위치 교환은 블링크나 텔레포트 같은 개념이 아니라, 정해진 대상과의 위치 교환이었으므로 기사들을 마크하면 되었던 것이다.

"후우, 하아. 후우, 하아."

동원이 거친 숨을 몰아쉬고 있었다.

이미 두 차례 자그네트에게 허용한 유효 공격으로 인해, 왼쪽 허벅지에서는 계속해서 피가 흘러내리고 있었고, 왼쪽 어깨도 성치 못했다.

고통을 참으면 움직일 수 있는 정도는 되었지만, 시간이 갈수록 고통의 강도가 커지는 것이 작은 부상은 아닌 것 같았다.

자그네트의 힘은 강했다.

지금까지 단 한 번도 이상 징후를 보인 적이 없던 건틀릿에도 변화가 일어나기 시작했다.

건틀릿 자체의 코어가 있는 부분이 타격을 당했는지, 동원의 물리적인 힘 공격 외의 건틀릿이 추가로 적에게 입히는 마법적 공격이 들어가지 않았다.

그 공격이 들어가지 않는다고 해서 공격의 데미지가 현저하게 줄어드는 것은 아니었지만, 경우에 따라서 5%에서 10%까지의 비율을 차지하기도 했던 마법 데미지를 생각하면 무시할 수 있는 수치 역시 아니었다.

동원이 먼저 사용했던 신체 능력 5배 강화의 힘이 자그네트보다 먼저 끝났기 때문에, 자그네트가 그 틈을 이용해 김혁수를 노린 공격을 막아낼 수가 없었다.

동원과 자그네트.

그리고 이유리와 서희, 이정우와 왼쪽 어깨를 부상당한 케인, 그리고 손과 팔을 잃은 두 명의 스피어러로 도합 여섯과 크고 작은 부상을 달고 있는 다섯 명의 호위 기사.

그나마 전장에서 가장 상태가 좋은 것은 원거리 공격에 전념했던 이유리와 서희였다.

이정우도 난전 중에 본인이 인지하지 못했을 뿐, 이미 다리에 몇 번이고 검에 찔리고 베인 상처가 가득했다.

본인이 극한으로 끌어올린 정신력이 아니었다면, 지금

이 자리에서 무릎을 꿇고 쓰러져도 이상할 것이 없을 정도로 두 다리의 상태는 좋지 못했다.

물론 그것은 호위 기사들도 마찬가지였다.

자그네트는 더 이상 자신의 힘을 부하들에게 나눠주지 않고 있었다.

배리어 역시 어쨌든 자신이 가진 코어의 힘을 일부 소진해야만 유지시켜 줄 수 있는 것이었고, 자그네트는 좀 더 자신의 힘을 자유로이 사용하기 위해 부하들을 지켜주던 힘을 거둬들였다.

처음부터 끝까지 자신만을 생각한 이기적인 결정이었지만, 불평을 털어놓거나 원망하는 기사들은 아무도 없었다.

그것은 당연한 로드의 결정이었고, 자신들은 그저 숨이 다할 때까지 눈앞의 적들과 싸우다가 장렬히 죽으면 되는 것이라 생각했다.

태어났을 때부터 그렇게 충성하도록 교육받았고, 의미 있게 죽도록 교육 받은 기사들은 전혀 다른 생각을 하지 않았다.

[코어의 힘을 소진하는 순간, 약 10분의 시간 동안 기존에 가진 코어의 능력을 유지하면서 새로운 힘을 얻게 되지. 그대가 얻은 네 개의 코어에는 각각 다음과 같은 능력이 담

겨 있어. 신체 능력 추가 5배 강화, 즉각적 체력과 상태 회복, 상대의 물리적 방어 능력을 지속 시간 동안 무시, 그리고 10초간 코어의 힘으로 둘러진 무적 상태를 유지하는 것.]

[자그네트의 힘은 무엇입니까?]

[신체 능력을 7배 이상 강화하고, 자신과 연계된 개체들… 그러니까 숨이 끊어진 모든 변이체들을 즉각적으로 부활시킬 수 있으며, 소진되는 체력만큼 반비례하게 증가하는 힘을 경험할 수 있게 되네.]

동원은 다시금 남아 있는 코어의 힘을 짚었다.

자신과 자그네트에게 동일하게 사라진 것은 신체 능력 강화의 힘이었다.

자그네트가 발동한 7배 강화의 힘도 방금 전, 김혁수의 부상을 끝으로 사라졌다.

그가 발동한 코어의 힘으로 인해 김혁수가 깊은 부상을 입었고, 3명의 최정예 스피어러가 전투력을 상당수 잃었다.

동원 역시 급격한 체력의 고갈을 느끼고 있는 중이었고, 다른 스피어러들은 자그네트를 상대하기에는 버거웠다.

이제 동원에게 남은 것은 지금 빠르게 고갈 상태로 치닫고 있는 체력과 부상을 깔끔하게 회복하고, 자그네트의 방어 능력을 무시하며, 10초간 코어의 힘을 이용해 만들어낸 무적 상태를 만들어내는 것이었다.

자그네트에게 남은 코어의 힘은 소진되는 체력만큼 반비례하게 증가하는 힘… 이었는데, 동원은 이 능력에 가장 많은 신경을 쓰고 있었다.

이 전투의 목적은 결국 최종적으로는 적의 리더, 그러니까 동원은 자그네트를, 자그네트는 동원을 제거하는 것이었다.

그러기 위해서는 당연히 상대를 전투 불능 상태로 만들기 위한 위력적인 공격이 필수였다.

동원이 가진 남은 코어의 힘은 이에 특화되어 있는 것으로 자그네트에게 이전보다 더 유효한 일격을 가할 수 있었다.

문제는 이것이 자그네트에게 유효하게 먹혀들면 먹혀들수록 동원에게 더 큰 부담이 된다는 점이었다.

'이건 엉덩이가 무거운 쪽이 이긴다.'

동원이 입술을 질끈 깨물었다.

동원은 자신이 가진 카드를 먼저 꺼내 드는 쪽이 필연적으로 불리해질 수밖에 없다고 생각했다.

남아 있는 코어의 힘의 숫자만 놓고 보면 동원이 코어의 힘을 모두 가져다 써도 문제가 없을 것 같다 여기겠지만,

직접 자그네트를 상대해 본 동원의 생각은 달랐다.

자그네트의 체력이 줄어들수록, 자그네트는 방금 전에 사용했던 신체 능력 강화와 같은 추가 효과를 얻게 된다.

이렇게 되면 동원과 자그네트 사이에 아슬아슬하게 유지되고 있는 힘의 균형이 깨지게 되는 셈이다.

이것을 막기 위해서는 동원에게 그 어느 때보다도 버스트 데미지가 절실히 필요했다.

지속적인 유효타로 야금야금 체력을 깎는 것은 아무런 의미가 없었다.

단숨에 뚝뚝, 체력을 깎아 순식간에 벗겨내는 위력적인 일격이 필요했던 것이다.

코어의 힘이 벗겨지고, 다시 동등한 위치에서 겨룰 수 있게 되자 동원이 다시금 힘을 끌어올렸다.

동원은 정말 체력이 바닥을 드러내, 더 이상 그 어떤 힘도 끌어낼 수 없을 것 같을 때 코어의 힘을 이용할 생각이었다. 그래야 최대의 효율을 낼 수 있을 테니까.

하지만 동원의 빠른 체력 소모를 캐치했는지, 자그네트는 정신없이 위치 교환을 반복하며 스피어러들을 교란시키던 공격 패턴을 접고, 동원에 대한 집중 타격을 시작했다.

전투 초반에는 버틸 만했던 자그네트의 공격이 이제는

완벽하게 막아내도, 몸 전체가 울릴 정도의 시큰한 고통과
함께 느껴졌다.

지금 동원과 자그네트가 주고받은 공격 하나하나는 여기
있는 최정예 스피어러들도 단숨에 죽음에 이르게 할 수 있
을 정도로 엄청났다.

동원과 자그네트 본인은 인지하지 못했지만, 위력은 상
상을 초월했고, 두 존재가 맞부딪힐 때마다 그로 인해 발생
하는 충격파가 사방으로 튀었다.

전투 초반부터 만들어져 지금까지도 제대로 걷히지 않고
있는 탑 10층의 모래 먼지가 그 증거였다.

밖에서 비바람이 휘몰아치지 않았다면, 앞을 분간할 수
없을 정도의 정신없는 전장이 되었을 것이다.

"너희 인간들과 브리그 족은 모두 어리석다. 타협을 하면
모두가 번영할 수 있는데, 타협할 줄을 몰라. 그래서 너희
들에게 남는 것이 뭐지? 개죽음, 그 이상이 있던가?"

자그네트가 동원에게 쉴 새 없이 검격을 이어가며 말했
다.

동원은 아슬아슬하게 자그네트의 공격을 피했다.

확실히 체력이 줄어들기 시작하면서 반응 속도가 함께
느려지고 있었다.

이대로 체력이 좀 더 줄어들었다가는 예기치 않은 치명

상을 입을 가능성도 있었다.

'하아, 두 번째 패를 꺼내 들게 되는군.'

이제 더 이상은 늦출 수 없었다.

동원 스스로가 가장 많이 느끼고 있었다.

부상으로 누적된 고통과 몸의 피로, 계속된 전투 집중 과정에서 소진된 정신력은 급격히 바닥을 드러냈다.

자그네트는 요행이나 행운을 바라고 상대할 수 있는 적수가 아니었다.

동원은 미련 없이 두 번째 코어의 힘을 개방했다.

샤아아아—

변화는 즉각적으로 이루어졌다.

순식간에 몸 전체를 감싼 백색의 기운이 동원의 몸에 나 있던 모든 상처들을 치료했고, 체력을 최대치로 끌어올렸다.

동원은 그 순간, 아도네스 행성으로 처음 넘어왔던 그 시점… 가장 좋았던 컨디션과 체력 그대로의 기분을 가감 없이 느낄 수 있었다.

"애초에 주인이 따로 있던 물건을 훔쳐 가 놓고, 그 물건을 같이 쓰자고 하는 도둑이 있다면 무슨 소리가 가장 잘 어울릴까? 개소리라는 말이 가장 잘 어울리겠지……!"

동원이 자그네트의 말을 되받았다.

충만해진 몸 전체의 기운. 다시금 활력이 돌았다.

몇 분 전 초기화된 피니시와 쉐도우 카운터가 언제든 동원의 사용을 기다리고 있었지만, 동원은 참았다.

지금 이 기술을 써봤자, 자그네트의 좋은 밥이 될 뿐이다.

동원은 가장 기본적인 정공법으로, 그리고 체력적인 우위를 바탕으로 자그네트를 최대한 몰아치기로 했다.

전투를 반복하면서 동원은 자그네트가 위치 변환을 시도하기 전에 약간의 정신 집중 시간을 갖는다는 것을 캐치했다.

이것은 즉, 다른 생각을 할 수 없도록 집중을 방해하면 된다는 뜻이기도 했다.

동원의 키포인트는 하나.

쉴 새 없이 몰아치는 맹공이었다.

제12장
맹공

까앙! 깡! 깡! 깡!

쿠웅! 쿠웅! 쿠웅! 쿵!

건틀릿과 검이 맞부딪칠 때마다 주변에 거대한 충격파가
일었다.

탑 밖에서 휘몰아치며 들어오던 비바람도 충격파에는 그
대로 밀려나 다른 곳으로 휩쓸렸다.

'이번에는 왼쪽.'

보였다.

서로가 서로에게 익숙해진 만큼 움직임이 보이기 시작

했다.

물론 자그네트도 동원의 움직임이 눈에 익기는 마찬가지였다.

그렇다면 누가 먼저 주도권을 쥐고 움직임을 예측해 공격을 퍼붓느냐의 싸움이었다.

지금은 동원이 유리했다.

동원은 기회를 놓치지 않았고, 자그네트의 움직임 하나하나를 놓치지 않고 정교하게 공격을 이어나갔다.

깡!

'오른쪽.'

깡!

'왼쪽 두 번.'

깡! 까깡!

'그리고 다시 왼쪽을!'

시이이이이이! 뻐어어억!

"크헉!"

노림수가 적중했다.

의도적으로 자그네트에게 보여주었던 자신의 공격 패턴을 한 번 꼬았던 것이다.

자그네트 본인도 의심치 않았던, 익숙해져 있었던 동원의 공격 패턴이 비틀어졌기 때문에 완벽하게 빈틈을 찔려

버렸다.

동원의 어퍼컷은 그대로 자그네트의 투구 아래와 턱을 깔끔하게 올려쳤고, 자그네트가 걸쭉한 침을 내뱉으며 그대로 뒷걸음쳤다.

까강! 깡!

주인을 잃고 떨어진 투구가 지면을 뒹굴었다.

"……."

투구에 가려져 있던 자그네트의 민낯이 그대로 드러났다.

지금껏 그의 호위 기사들도 단 한 번 본 적 없던 자그네트의 얼굴이었다.

그의 얼굴은 사람을 닮은 얼굴도, 브리그 족을 닮은 고결한 얼굴도 아니었다.

자그네트의 얼굴은 당장에라도 녹아내려 없어질 것 같은 뼈가 전부였다.

앙상한 뼈, 그 뼈가 검은 연기와 함께 타오르고 있었다.

그리고 검은 뼈로 가득한 얼굴의 중앙에 붉게 빛나는 두 눈이 있었다.

투구는 검은 연기를 가리고, 붉은 눈빛만을 만들어주던 좋은 가림막이었던 것이다.

감상은 잠시뿐.

"하아아앗!"

동원이 재차 일갈하며 자그네트에게로 달려들었다.

빈틈을 노린 동원의 일격으로 균형이 무너진 자그네트가 정신 집중을 하려 하고 있었다.

동원이 빈틈을 연이어 노릴 것을 알기 때문에, 나름대로의 수단을 쓰려고 한 것이다.

티잉!

"크윽, 제길!"

하지만 이번에는 동원보다 더 빨리 반응한 사람이 있었다. 이유리였다.

자그네트가 위치 교환을 시도하려는 순간, 망설임 없이 활시위를 당겼고, 바로 자그네트의 왼팔 언저리를 스치고 지나갔다.

뻐억!

"으컥!"

그 바람에 위치 교환이 무산된 자그네트의 얼굴에 다시 한 번 동원의 펀치가 사정없이 내리꽂혔다.

방어 자세를 취할 틈도 없었기 때문에, 자그네트는 자신의 추악한 얼굴 그대로 동원의 공격을 받아내야 했다.

쿠우우우웅!

마치 고무공처럼 동원의 주먹에 내리꽂힌 자그네트의 몸

이 지축에 큰 울림을 만들어내고는 튕겨져 올라왔다.

같은 층에 있던 모두가 놀랐다.

터억!

동원은 튕겨져 오른 자그네트의 목을 붙잡았다.

계속된 전투로 가열된 동원의 건틀릿이 자그네트의 목에 닿자, 그의 얇은 목 피부에서 희뿌연 연기가 피어올랐다.

피부가 타는 것이었다.

"끄극!"

자그네트가 바람 빠지는 소리를 냈다.

다른 스피어러들은 몰라도, 동원은 기회를 놓치지 않는 사나운 맹수와도 같은 존재였다.

자그네트가 지금까지 수많은 전쟁과 전투를 치러오면서 두 번째로 두려움을 느낀 대상이기도 했다.

첫 번째는 브리그 족의 로드였지만, 그는 적어도 실체를 직접 마주해 본 존재는 아니었다.

하지만 동원은 실재하는 존재였고, 지금 이 자리에서 목숨을 건 전투를 벌이고 있었다.

그리고 동원으로 하여금 경험하는 고통은 지금껏 경험한 모든 고통을 합쳐도 비교가 되지 않을 만큼 심했다.

꾸우우욱.

"으큭!"

동원의 부릅뜬 두 눈, 그 눈에 담긴 살기만큼 엄청난 힘이 동원의 손끝에 실렸다.

자그네트는 처음으로 자신이 죽을지도 모르겠다는 생각을 했다.

투구가 벗겨진 뒤, 무주공산이 되어버린 목과 얼굴은 거대한 약점이 되어버렸다. 그리고 동원은 완벽하게 자신의 약점을 움켜쥐고 있었다.

이를 뒤바꾸기 위해서는 반전이 필요했다.

그리고 그 반전에 필요한 수단이 자그네트, 자신에게는 분명 존재했다.

*　　　*　　　*

'가장 자신감을 느낄 때. 한 방의 카운터로 완벽한 반전을 이룰 수 있다고 느낄 때. 그런 생각이 확신에 차 아드레날린이 쉴 새 없이 분비되려고 하는 그때. 바로 그때가 가장 위험한 순간이다.'

동원은 계속해서 떠올리고 있었다.

자신이 어렸을 적, 처음 복싱을 배우기 시작할 때 선배이자 선생님인 아버지에게 들었던 말을.

아버지는 항상 이 말을 강조해서 하곤 했었다.

상대에게 계속해서 공격을 당해 핀치에 몰렸을 때, 그래서 신이 난 상대가 자신을 방어할 생각조차 하지 않고 맹렬히 공격을 퍼부을 때.

그때, 공격을 일방적으로 '당하기만' 하던 상대는 카운터를 노릴 기회를 잡게 된다.

그리고 기회가 보이면, 온 힘을 다해 상황을 반전시킬 수 있는 카운터펀치를 넣는다.

가장 드라마틱하고 극적인 상황.

어렸을 적의 동원도 이런 그림을 줄곧 그려보곤 했다.

마치 영화 속의 한 장면처럼, 극한의 상황까지 밀리고 밀리다가 상대에게 시원한 한 방을 선사하고 치열했던 결투의 끝을 맺는 것.

하지만 그런 얘기를 할 때마다 아버지는 말했었다.

그것은 하수들이나 생각하는, 그야말로 영화 속의 한 장면일 뿐이라고.

고수들은 매섭게 상대를 몰아붙이면서 의도적으로 약점을 노출한 뒤, 그 약점을 물기 위해 전력을 끌어올리는 상대의 허를 찔러 완벽하게 끝을 본다고 했다.

즉, 의도하고 계산된 함정을 파 놓는 것이다.

그래서 동원은 항상 자신이 우세를 점하고, 적이 반항할 수 없을 정도의 유리한 위치를 선점하고 있다고 하더라도 방심하지 않았다.

오히려 궁지에 몰린 쥐가 고양이를 물듯, 한 번쯤은 물고 싶게 만들도록 빈틈을 보여주고, 완벽하게 상대를 무너뜨리는 방법을 구사했다.

지금의 자그네트에게도 동원은 같은 방법을 쓰고 있었다.

이유리의 천금과도 같은 보조로 자그네트에게 공격을 연속해서 이어갈 수 있는 기회를 잡았고, 그 결과 자그네트를 수세로 몰아넣었다.

이렇게 되면 자그네트는 반드시 자신에게 남아 있는 코어의 힘을 쓴다.

자그네트가 가장 믿고 있고, 이 상황을 180도 뒤바꿀 수 있는 힘이기에.

그러기 위해선 자그네트의 입장에선 더 많은 체력을 소진하는 것이 좋았다.

그래야 코어의 힘을 발동시키는 그 순간, 막강한 화력으로 상황을 뒤집을 수 있을 테니까.

동원은 쉴 새 없이 공격을 퍼부었고, 그 뒤에 아무 생각이 없지는 않았다.

하지만 겉으로 보이는 것만큼은 마치 피에 굶주린 살인마처럼 거세게 자그네트를 몰아붙였다.

역습할 것을 알고도 공격하는 자.

그리고 일부러 더 빈틈을 내주며, 회심의 일격을 노리는 자.

서로가 서로에 대한 노림수를 가진 가운데, 시간은 계속해서 흘러가고 있었다.

동원은 모든 정신을 자그네트의 눈빛, 몸짓 모두에 집중하고 있었다.

지금의 이 매서운 공격은 미끼에 불과했다.

엉덩이가 무거운 쪽, 그러니까 코어의 힘을 늦게 사용하는 쪽이 이길 것이라 확신했던 것처럼.

동원은 조급해하지 않고, 자그네트가 승부수를 띄우길 기다렸다.

솔직히 두려웠다.

그것은 코어의 엄청난 힘을 가진 스피어러이기 전에 한 명의 인간으로서 느끼는 감정이었다.

아주 잠깐이었지만 자그네트가 발동시킬 코어의 힘이 자신이 감당해낼 수 있는 수준, 그 이상이면 어쩌나 하는 생각도 들었다.

하지만 이내 동원은 부정적인 생각을 걷어내 버리고, 자그네트에게 모든 것을 집중했다.

그리고… 먹이를 쫓는 맹수처럼 기다리고 또 기다렸다.

자그네트가 자신에게 주어진 최고의 기회라고 생각하며 숨겨둔 발톱을 드러낼 때! 그 발톱을 채 펼치기도 전에 치명적인 카운터펀치를 먹일 생각이었다.

'이 코어의 힘이 놈의 남은 두 개의 힘을 강제할 수 있는 힘이다.'

자그네트는 확신했다.

셈도 어느 정도 됐다. 그래서 의도적으로 동원에게 유효타 몇 차례를 허용했다.

두개골이 부서져 나갈 것처럼 강력한 일격이었지만, 자그네트는 코어의 힘을 이용하기 위해 참고 또 참았다.

놈은 완벽하게 방심하고 있었다.

마치 승기를 잡은 것처럼 쉴 새 없이 몰아치는데, 그 공격에는 거침이 없었다.

이참에 끝을 보려는 것 같은 모습이었다.

저것이 어쩔 수 없는 전사의 본능이기도 했다.

좀처럼 오지 않는 기회. 그 기회를 잡았을 때, 적을 몰아붙일 수 있는 곳까지 밀어붙이는 것이 당연한 것이다.

퍼억! 퍼억! 퍼억!

동원의 일격이 내리꽂힐 때마다 자그네트의 체력이 급격하게 줄어들었다.

자그네트는 마치 모든 것을 포기한 것처럼 무방비 상태로 동원의 공격을 맞고 있었다.

누가 봐도 동원의 우세가 확실한 상황.

그런 생각은 호위 기사들도 다를 것이 없어서, 점점 그들의 눈가에 두려운 기색이 역력하게 담기고 있었다.

"뭔가 이상한데."

그 광경을 지켜본 이정우가 짧게 말을 끊었다.

한 종족의 지도자인 자그네트가 이렇게 쉽게 동원의 손에 목숨을 잃는다? 믿을 수 없는 일이었다.

"생각이 있을 거예요, 오빠에게. 그것이 어떤 상황이든지 간에요."

끼리리릭, 핑! 끼리리릭, 핑!

이유리가 계속해서 연사를 퍼부으며 말했다.

이유리의 손가락에서는 쉴 새 없이 피가 흘러내리고 있었다.

개전 초기부터 지금까지 쉬지 않고 활시위를 당겨온 그녀의 손가락은 보호 장구들이 터져 나간 지 오래였고, 그녀의 찢어진 맨살에서는 계속해서 피가 흘렀다.

그래도 그녀는 묵묵히 입술을 질끈 깨물고는 활시위를 당겼다.

계속된 전투로 정신력이 급감하여 마법의 위력과 범위가

크게 줄어든 서희는 전투력의 바닥을 드러내고 있는 상황이었다.

탑 10층에 있는 스피어러들 중, 가장 상태가 좋은 것은 동원이었다.

그다음이 이유리였는데, 그녀 역시 두 허벅지 언저리에 크고 작은 검상들이 있었다.

이정우도 왼발에 부상을 입은 탓에 모든 공격을 오른발로만 전개하고 있었다.

심각한 약점이었지만, 다행히 상대하는 호위 기사들도 저마다 부상을 입어 운신이 빠르지 않았기 때문에 버틸 수 있을 정도는 됐다.

그러다 보니 호위 기사들과 스피어러들 사이의 현 상황은 반쯤 소강상태에 가까웠다.

서로가 거리를 두고 지켜보면서, 다시 체력을 비축하고 역공할 타이밍을 노리는 그림이었다.

그래서인지 알게 모르게 저 멀리 보이는 동원과 자그네트에게로 시선이 쏠리고 있었는데, 모두가 숨을 죽이고 긴장하고 있었다.

누가 우세를 잡느냐에 따라, 이쪽 전장의 그림도 크게 달라지기 때문이다.

"아직 자그네트에게 코어의 힘이 남아 있어. 그렇다면…

분명 반격을 할 텐데. 오빠에게는 어떤 생각이 있는 걸까."

이유리는 동원을 믿었다.

그래서 지금의 상황이 더 궁금했다.

누가 봐도 유리한 이 상황을 동원 스스로는 그렇게 받아들이지 않을 것이다.

그것은 가까이서 늘 동원과 함께하고 싸워왔던 이유리가 더 잘 알고 있었다.

"오빠, 힘내야 해요."

이유리가 자신도 모르게 두 눈을 꼭 감았다.

신을 믿지는 않지만, 지금만큼은 그 어느 누군가에게라도 기도를 하고 싶은 마음뿐이었다.

파앗!

바로 그때.

그녀가 응시하고 있던 자그네트에게서 검붉은 기운이 순식간에 퍼져 나왔다.

눈 깜짝할 사이에 이루어진 변화. 코어의 힘이 개방된 것이다.

*   *   *

'기회는 잠깐이다!'

동원의 예측이 맞아떨어졌다.

자그네트가 코어의 힘을 개방한 것이다.

그 찰나의 순간에 동원은 자그네트에게서 일어나는 변화를 감지하고는 망설일 것 없이, 자신이 가지고 있던 두 개의 코어의 힘을 동시에 개방했다.

자그네트가 던진 승부수를 받고, 하나를 더 얹는 회심의 일격이었다.

"……!"

그 순간, 자그네트의 표정이 변했다.

자신이 코어의 힘을 개방함과 동시에 동원에게서 더 큰 변화가 일어났기 때문이다.

10초 간의 무적 상태. 그리고 지속 시간 10분 동안 상대의 방어 능력을 완전 무시하는 코어의 힘이 개방되자, 동원은 그동안 아껴왔던 모든 기술과 힘을 단숨에 집중하기 시작했다.

"크아아아아! 크아아아아!"

동원의 눈빛에는 살기를 제외한 그 어느 것도 없었다.

동원은 그대로 자그네트를 지면에 찍어 누른 채로, 양손이 보이지 않을 정도로 빠른 공격을 순식간에 퍼부었다.

퍼억! 뻐억! 퍼억! 뻐억! 퍼퍼퍼퍼퍼퍽!

"…빌어먹을!"

쉐도우 카운터가 발동되면서, 동원의 공격이 연쇄적으로
쉴 새 없이 들어갔다.

자그네트의 방어 능력을 무시하고 이른바 '트루 데미지'
로 들어오는 동원의 얼티밋 공격은 상상 초월이었다.

자그네트는 자신의 몸 전체에 충만해지고, 이내 폭주하
려 하는 힘을 느끼면서도 어찌할 도리가 없었다.

손을 떠난 검을 쥐기에는 거리가 부족했고, 급한 대로 양
손을 뻗어 동원의 얼굴과 복부를 가격했지만 동원의 몸 전
체를 감싸고 있는 '무적'의 기운은 이 모든 공격을 상쇄시
켜 버렸다.

동원은 미동조차 하지 않았다.

"으컥! 컥! 컥!"

자그네트의 얼굴이 심각하게 무너져 내리고 있었다.

정타로 내리꽂히는 동원의 공격을 견뎌낼 재간이 없는
자그네트의 얼굴뼈가 여기저기서 부서지며 무너져 내리기
시작했다.

자그네트의 입가를 타고 걸쭉하게 흘러내리는 액체들은
이것이 침인지, 피인지 분간할 수 없을 정도였다.

자그네트는 이 모든 상황이 동원에 의해 만들어져 있었
음을 이제야 알아차렸다.

완벽하게 당한 것이다.

동원이 공격에만 매진하듯이 보였던 것은 자그네트 자신이 코어의 힘을 먼저 개방하도록 유도한 동원의 계산이었다.

그리고 자신이 코어의 힘을 개방하자마자, 이를 더 크게 덮어버릴 수 있는 코어 두 개의 힘을 동시에 터뜨려 버린 것이다.

실수의 과정, 그 결과를 확실하게 인지했지만 때는 늦었다.

사라지는 체력만큼 급격히 증가하고 있는 체내의 힘들은 지금으로서는 아무런 소용이 없었다.

그 힘을 끌어낼 수 있는 정신이 남아나질 않았다.

동원의 쉐도우 카운터는 동원의 공격 사이사이에 발생할 수 있는 공백을 완벽하게 메꿔버렸고, 자그네트는 위치 교환이나 방어 자세와 같은 어떤 후속 동작을 이어나갈 엄두조차 내지 못했다.

하지만 이대로 당하고 있을 수만은 없었다.

자그네트는 어떻게든 정신을 부여잡고, 반격의 기회를 만들어보기로 했다.

악으로 깡으로 동원을 한 번만 밀쳐내면, 다시는 이런 일방적인 난타를 당하지 않을 수 있을 것 같았다.

즉, 자신 있었다.

개방된 코어의 힘은 어마어마한 것이었고, 이것이라면 충분히 자신도 동원에게 위협적인 일격을 가할 수 있었다.

"크아아아아아악!"

자그네트가 일갈하며 전력을 다해 동원을 향해 주먹을 내뻗었다.

계속된 공격으로 시야가 흐려져 제대로 보이진 않았지만, 이 정도의 완력으로 밀쳐내면 충분히 틈을 만들어낼 수 있을 것 같았다.

'왔다.'

그 순간, 동원의 눈빛이 반짝였다.

완벽하게 상대를 끝낼 수 있는 처음이자 마지막 기회.

피니시가 가능한 시점이 왔음을 본능적으로 직감한 것이다.

지금 이 상황에서만 탈피하면 승세를 다시 잡을 수 있을 것이라 생각하고 최후의 발악을 하는 '방어자'와 '방어자'의 그 발악을 기다렸던 '공격자'의 노림수가 정면으로 충돌하는 시점이었다.

후우우우우웅!

직선으로 날아든 자그네트의 주먹이 아슬아슬하게 동원의 뺨을 스치고 지나갔다.

그의 주먹에는 말로는 형언할 수 없는 수많은 살기와 독기, 한기가 서려 있었다.

하지만 이 공격은 동원의 회피로 아슬아슬하게 무위로 돌아갔고, 그 순간 동원이 원했던 '카운터' 가 활성화됐다.

"……."

활성화된 것은 카운터뿐만이 아니었다.

파워 차징이 끝난 동원의 피니시가 가진 엄청난 기운이 건틀릿 양쪽에 실렸고, 카운터로 극대화된 이 힘은 언제든 건틀릿을 떠나 타격 대상에게로 갈 준비를 하고 있었다.

냉정할 수 없었던, 그래서 어떻게든 살기 위해 몸부림을 쳐야만 했던 자그네트의 처음이자 마지막 '실수' 가 현실이 되고 있는 순간이었다.

"아아."

자그네트에게서 외마디 탄성이 터져 나왔다.

자신의 반격이 무위로 돌아가고, 그대로 힘을 잔뜩 실은 동원의 카운터가 자신의 얼굴 한가운데로 향하는 것을 보며 자그네트가 보일 수 있는 반응은 이것밖에 없었다.

푸욱!

어떻게든 쥐기 위해 안간힘을 썼던 장검이 드디어 왼손 끝에 잡혔다.

자그네트는 그 잠깐의 틈을 이용해 동원에게 치명상을 입히기 위해 검을 휘둘렀지만, 아직 사라지지 않은 무적의 기운은 자그네트의 검격을 쓸모없는 것으로 만들어 버리고 말았다.

샤아아아.

그와 동시에 코어의 힘을 개방하여 동원을 10초간 보호해 주었던 무적의 기운도 사라졌다.

그리고 동원이 스피어러로서의 치열한 삶을 살아오면서 최대치로 끌어올린 모든 힘과 극대화된 카운터의 조건이 실린 펀치가 자그네트에게로 날아들었다.

…….

순간 모든 시간이 멈춰 버린 것처럼 아주 천천히, 동원의 시야에서 지나갔다.

일곱 개의 코어가 가지고 있던 힘은 이제 모두 사라졌다.

개방되어 흡수된 코어의 힘은 아무리 발버둥을 쳐도, 10분이 지나면 사라지고 말 것이다.

코어(Core).

이 코어 하나 때문에 브리그 족이 이그라드 족으로부터 공격을 받았고, 이로 인해 변이체라는 끔찍한 살인 병기들이 탄생했다.

그리고 아도네스 행성과 지구를 잇는 죽음의 통로가 만들어졌다.

지옥과도 같았던 악연의 시작이 코어였기 때문일까?

지금 이 순간, 인간과 브리그 족, 이그라드 족을 불행의 구렁텅이로 몰아넣었던 코어의 힘이 사라지고 있다.

개방된 일곱 개의 코어의 힘은 이제 그 종언을 고하고 있었다.

"하아아아압!"

동원의 일갈, 그리고.

콰아아아아아앙!

엄청난 지축의 울림이 탑 10층에서 9층으로, 9층에서 8층으로, 그리고 전체로 퍼져 나갔다.

거세게 휘몰아치던 비바람도 이 거대한 충격파의 위력을 견뎌내지 못하고, 오히려 떠밀려 탑 밖으로 휩쓸려 나갔다.

"으컥, 컥, 커컥……."

"……."

지면을 뚫고 내려간 자그네트의 목과 얼굴은 육중한 그의 체구가 무색하게 엿가락처럼 이끌려 나와 허망하게 붙들려 있었다.

바람 빠지는 소리를 토해낼 때마다 자그네트의 입에서 핏물이 튀었다.

활성화된 코어의 힘.

사라진 체력만큼 폭주하며 치솟는 이 엄청난 힘이 있음에도 자그네트는 아무것도 할 수 없었다.

터져나갈 듯이 팽창한 몸 전체의 핏줄도 아무 소용이 없었다.

"내, 내가……."

애꿎은 입만이 허무하게 움직여졌다.

반쯤 돌아간 얼굴, 그곳에 달린 눈으로 보이는 자신의 팔과 손, 그리고 다리들이 말을 듣지 않았다.

움직이고 싶어도 움직여지지 않았다. 마치 잘려져 나간 몸뚱이를 보는 것처럼 아무것도 할 수가 없었다.

"내게 필요한 기회는 단 한 번뿐이었다. 그 한 번을… 기다리고 있었을 뿐."

"내, 내, 내가……."

무심히 자신을 내려다보고 있는 동원을 보며, 자그네트는 연신 내가… 라는 말만을 반복했다.

그 뒤로 이어질 말을 내뱉을 수가 없었다.

"……."

만감이 교차했다.

이것까지 정해진 운명, 아니 로드의 안배였다고 말할 수는 없을 것이다.

동원은 그저 자신에게 주어진 상황과 이점을 확실하게 인지하고 있었고, 침착하게 기회가 오기만을 기다렸다.

그 과정에서 동료들이 희생되고, 큰 부상을 입고 쓰러져 나갔지만 흔들리지 않았다.

그것은 의도했던 외면이기도 했다.

일부로 인지하고 싶지 않은 부분은 인지하지 않았다.

흔들리고 싶지 않았으니까.

그리고 묵묵히 기다렸다.

이 전쟁의 끝을 낼 수 있는… 어쩌면 처음이 마지막이 될지도 모르는 그 한 번의 기회가 오기를.

그리고 기회가 찾아왔고, 자신은 미련 없이 기회를 잡았다.

결과물은 바로 지금이었다.

눈앞에서 점점 사라져 가고 있는 생명의 불씨.

바로 자그네트의 모습이었다.

제13장
재시작(Restart)

시이이잉.

동원이 옆에 떨어져 있는 자그네트의 장검을 양손으로 움켜쥐었다.

자그네트는 겨우 눈을 돌려 동원을 노려보고 있었다.

방금 전까지는 무어라 잇던 말도 이제는 더 이상 잇지 못하고, 숨을 쉬려 할 때마다 걸쭉한 피를 계속해서 토해내고 있었다.

아직 전쟁은 끝나지 않았다.

여전히 에스가드 평원에서는 연합군이 힘겨운 교전을 치

르고 있을 것이고, 당장에 죽음의 탑에서도 스피어러들은 악전고투(惡戰苦鬪)를 치르고 있었다.

"크, 커커컥⋯⋯. 아, 아⋯⋯."

"네 죽음이 살아남은 모두의 새로운 시작점이 될 거다, 자그네트."

휘이이이이익! 퍼석!

투욱.

몸에서 떨어져 나온 자그네트의 머리가 허망하게 고무공처럼 지면을 굴러갔다.

생기를 잃은 자그네트의 얼굴은 이내 회백색의 재처럼 삭아 없어지다가, 비바람에 휩쓸려 한 줌의 먼지로 흩어지고 말았다.

쉬이이이이익.

생명력이 꺼진 자그네트의 몸은 더 이상 육중했던 체구와 살기로 가득했던 과거의 것이 아니었다.

마치 바람이 빠진 풍선처럼 쪼그라들었고, 투구와 갑주 속을 채우고 있던 육신들은 먼지와 연기가 되어 사라져 버렸다.

"아아⋯⋯."

누가 먼저랄 것도 없이 호위 기사들의 탄식이 터져 나왔다.

온몸이 무너져 내릴 것만 같은 고통에도 악바리처럼 버티며 싸웠던 것은 아군의 승리에 대한 믿음, 그리고 로드 자그네트에 대한 충성이 있었기 때문이었다.

하지만 그 믿음과 충성의 대상이 이제는 더 이상은 볼 수 없는 불귀의 객이 되어버렸다. 죽은 것이다.

"이제 거의 다 끝났어……. 끝난 거야."

"하아, 빌어먹을. 이제야 잠이 오려고 하는군. 하아, 하아. 하하하, 하하하하하하. 하……. 이제 좀 눈을 감으면 편해질까."

자그네트가 죽었다.

그 광경을 지켜본 이유리와 서희, 이정우와 김혁수, 케인과 스피어러 동료들의 입가에 옅은 미소가 걸렸다.

벽에 기대어 힘겹게 전장을 지켜보던 김혁수는 그제야 긴장이 풀렸는지, 온몸의 힘을 풀고는 그대로 차가운 지면 위에 드러누워 버렸다.

"아직 끝나지 않았어. 이제 다시 평원으로 돌아간다. 거기서 목숨 걸고 싸우고 있을 동료들과 브리그 족의 사람들을 한 명이라도 더 살릴 수 있도록. 서둘러야 한다."

승리의 기쁨도 잠시.

동원은 침착하게 동료들을 리드했다.

아직 전쟁은 끝난 것이 아니었다.

그제야 모두가 승리의 기쁨에서 잠시 벗어나, 여전히 벌어지고 있는 전쟁과 전투에 대한 현실을 직시했다.

동원의 말대로였다. 자그네트 하나만이 사라졌을 뿐, 여전히 수많은 전사들과 변이체들은 탑과 에스가드 평원 전역에서 아군을 죽여나가고 있었다.

"내려가자, 우리 모두. 혁수 씨, 일어날 수 있겠습니까?"

"지면에 코를 박는 한이 있어도 반드시… 크윽, 크윽……. 괜찮아, 괜찮습니다. 후우, 하아. 후우, 하아."

한눈에도 상처가 깊어 보이는 김혁수였지만, 그는 초인적인 힘으로 몸을 일으켰다.

아직 전쟁이 끝나지 않아 모두가 기쁨을 만끽하지는 못하고 있었다.

하지만 자그네트가 죽은 것은 그 어떤 말로도 형언할 수 없는 엄청난 성과였다.

단 한 번의 승부수.

그 승부수에서 모든 것이 끝났다.

동원은 두 수 앞을 더 내다봤고, 한 치 앞을 내다보았던 자그네트는 자신의 실수를 만회할 길도 없이 죽음을 맞이했다.

인간의 힘을 초월한 두 존재의 전투는 가장 화려하고도

굵직한 승부로 판가름이 나버린 것이다.

눈을 깜빡일 때마다 정신이 아찔했다.

당장에라도 눈을 감고 싶을 정도로 고통이 컸다. 하지만
이제 와서 짐이 되고 싶지는 않았다.

"동원아, 괜찮다면 내가⋯⋯."

"부탁한다, 정우."

"제기랄, 술 먹은 여자 업고 모텔로 가는 거 아니면 내 취
향이 아닌데 말이야."

"후후, 미안하게 됐습니다."

"흐웃차! 훗차! 뭐야, 생각보다 가볍네."

이정우가 김혁수를 등에 업었다.

무거운 검을 들고 다니는 만큼 온몸이 근육들로 가득해
체중이 많이 나갈 것이라 생각했던 것과 달리, 김혁수는 가
벼웠다.

그리고 슈트 안으로 느껴지는 몸은 생각보다 호리호리했
다.

"⋯⋯."

자신에게 꼭 업힌 김혁수에게서 가쁜 숨소리와 배와 옆
구리 언저리로 흘러나오는 뜨거운 피가 느껴진다.

김혁수는 계속해서 동료들을 보며 웃고 있었지만, 이정
우는 자신의 귀와 몸에서 느껴지는 김혁수의 적신호를 느

낄 수 있었다.

하지만 내색하고 싶지 않았다. 그것 또한 김혁수가 바라는 것 같았기에.

"승차감은 어때요, 혁수 씨?"

"너무 좋아서 흥분이 다 될 지경이네요. 등 뒤로 느껴지는… 기분 나쁜 느낌 없죠?"

"하하하하."

"호호호, 농담 한번 진하네요. 나쁘지 않을 것 같은데?"

이정우와 김혁수의 농담에 살짝 굳었던 분위기도 확 풀렸다.

특히나 이유리와 서희는 모든 긴장이 단번에 풀린 듯, 더욱 큰 소리로 웃었다.

그사이 동원은 김혁수의 흔들리는 눈빛을 보았다. 그리고 느꼈다.

시간을 지체할수록 그에게 보여줄 수 있는 미래가 더 줄어든다는 것을.

"자, 모두 가자! 쓰러져 눕고 싶다는 생각은 나중에 하도록 하고."

파앗!

말이 끝나기가 무섭게 동원이 달려 나가기 시작했다.

코어의 힘을 모두 사용한 듯했지만, 지속 시간이 남은 코어의 힘이 아직 하나 있었다.

방어력을 완벽하게 무시하는 능력.

이것은 동원이 가할 수 있는 데미지가 적의 능력 여부에 관계없이 그대로 들어간다는 것을 뜻했다.

구아아아!

9층에서는 자그네트가 개방한 코어의 힘으로 인해 다시금 부활한 자이언트 웜이 스피어러와 싸우며 최후의 발악을 하고 있었다.

아쉽게도 두 명의 정예 스피어러가 희생당하고, 스포츠 머리를 한 흑인 스피어러만이 남아 있었다.

케인은 안타까운 눈빛으로 눈을 부릅뜨고 쓰러져 있는 동료들을 바라보았다.

그들은 죽는 그 순간까지도 자이언트 웜에 대한 미련을 놓지 못한 듯, 자이언트 웜이 있던 위치를 바라보며 손을 뻗은 채로 숨을 거뒀다.

지이이잉, 파앗!

체력이 많이 소진되기는 했어도, 아직까지 여력은 충분했다.

동원은 망설일 것 없이 바로 자이언트 웜의 머리 방향을 향해 도약했다.

자이언트 웜의 몸통이나 꼬리 부분은 아무리 타격해도 쓸모가 없었다.

결국 핵심은 뇌가 있는 머리였고, 그중에서도 가장 위협적인 이빨이 있는 그 부분의 바로 위가 최대 약점이었다.

게라아악!

쉬이이이익, 푸욱!

그와아앗!

동원의 빠른 움직임을 쫓으려, 모든 신경을 동원에게 집중했던 자이언트 웜은 순식간에 허공을 가르며 날아온 이유리의 화살에 그대로 한쪽 눈을 관통당했다.

동원의 몸이 가리고 있던 시야 뒤에서 날아온 이유리의 화살은 동원의 신형이 사라짐과 동시에 바로 그 자리를 지나갔다.

이것은 수많은 전투, 그리고 보이지 않는 교감을 통해 맞추지 않으면 절대로 만들어낼 수 없는 최적의 타이밍이었다.

아주 조금만 빨리 쐈으면 동원이 피격당했을 것이고, 늦게 쏘았으면 자이언트 웜이 알아차리고 두꺼운 외피로 대신 맞았을 것이기 때문이다.

눈의 상처는 촉각, 후각, 청각을 모두 이용하여 반응하는 자이언트 웜에게 치명적인 부상은 아니었다.

하지만 이용하던 감각 하나가 사라지면서 그것이 고통으로 바뀐 것은 집중력을 흐트러뜨리기에 충분했고, 동원은 빠른 움직임으로 바로 자이언트 웜의 머리 위에 안착했다.

그악?

불안함을 예견한 것일까.

동원의 기척을 느낀 자이언트 웜이 묘한 소리를 냈다.

하지만 그것도 잠시, 아주 잠깐의 적막이 거대한 고통으로 바뀌기까진 그리 오랜 시간이 걸리지 않았다.

퍼어어어어억!

퍼서서서석! 푸슈슈슈슈슈!

가아아아아악!

"……."

동원이 내리친 건틀릿의 일격이 그대로 외피를 비집고 파고들어가 그대로 머릿속을 헤집었다.

그 순간, 뇌수와 정체불명의 체액들이 사방으로 분수처럼 솟구치며, 그대로 동원의 얼굴을 적셨다.

자이언트 웜도 예상하지 못한 치명상이었다.

동원이 아직 가지고 있는 코어의 힘을 인지하지 못했던 것이다.

단단한 외피도 동원의 힘과 능력 앞에서는 소용없었고,

그대로 찢겨져 나간 외피 안을 헤집은 건틀릿은 자이언트
웜의 머릿속 모든 것을 망가뜨려 놓았다.

끄오오오오오······.

쿠우우우웅!

자이언트 웜이 동원의 존재를 인식한 시점에서 숨이 끊
어지는 데 걸린 시간은 불과 10여 초.

그사이 이유리의 보조가 있었지만, 그동안 스피어러들이
고생해 온 것을 생각하면 정말 비교도 안 될 정도로 빨리
끝난 승부였다.

"계속, 모두 서두르자. 동료들의 아픈 뒷모습은, 이 전쟁
을 승리로 장식한 다음에."

"예!"

동원의 동료에 스피어러들이 발걸음을 재촉했다.

그들은 동원이 굳이 강조하지 않아도 알 수 있었다.

지금 동원에게 아직 남아 있는 코어의 힘이 이 상황을 정
리하는 데 여전히 유용하게 쓰일 수 있음을.

탑의 상황은 스피어러에게 급격하게 유리해져 갔다.

동원의 공격에는 거침이 없었고, 각층에 위치한 변이체
들과 이그라드 전사들도 동원 앞에서만큼은 추풍낙엽처럼
쓰러져 나갔다.

한 층을 정리하고.

그 층에 있던 정예 전력이 합류하여 더 큰 덩어리가 되어 내려오고.

점점 강해지는 스피어러들의 전력에 비해, 아래층에 위치한 변이체와 전사들일수록 그 위력과 수준이 낮았고, 이로 인해 상황은 이그라드 족에게 매우 불리하게 흘렀다.

다시 부활할 수 있는 방법도, 그리고 줄어드는 인원을 보강할 방법도 없는 변이체와 전사들은 탑의 여기저기서 최후의 발악을 하다 죽어나갔다.

위에서 밀고 내려오는 스피어러들로 인해 되레 앞뒤로 포위된 형국이 된 그들은 도망갈 공간조차 찾을 수 없었고, 특히나 동원의 전광석화와도 같은 공격 앞에서는 전의를 상실하고 도망갈 정도였다.

이것은 오랜 기간 세뇌된 전사로서의 명예, 자부심 따위는 필요 없는 그저 생물체로서의 본능이었다. 살고 싶다는 생각뿐이었다.

하지만 살려고 발버둥 치면 칠수록 더 빠른 죽음을 맞이했다.

그것이 탑에 남겨진 변이체와 전사들의 운명이었다.

죽음의 탑이 이름 그대로, 거대한 적들의 공동묘지로 바뀌는 데는 그리 오래 걸리지 않았다.

　최후까지 사력을 다하던 변이체 하나가 피를 토해내며 쓰러졌을 때, 동원의 방어 무시 능력도 사라졌다.

　탑에 주둔하고 있던 이그라드의 전력 모두가 전멸한 것이다.

제14장
종막

"후우, 담배 한 대가… 후우, 후후후, 가, 간절한 시점인
데……. 후후."

휘이이이.

비바람은 여전히 죽음의 탑과 그 주변에서 쉴 새 없이 휘
몰아치고 있었다.

목숨을 건 혈투를 벌였던 정예 스피어러들이 에스가드
평원으로 떠날 준비를 하기 위해 정비를 하는 동안, 이정우
의 등에 업힌 김혁수는 신음 소리인지 숨소리인지 알 수 없
는 바람 소리를 계속 내며 하늘을 바라보고 있었다.

"정우 씨, 연기는… 그만… 할까요. 그게… 좋겠죠."

"……."

이정우는 말이 없었다.

그리고 조심스럽게 김혁수를 옆에 놓여 있던 바위에 기댈 수 있도록 조심스럽게 내려놓았다.

"하아, 피곤하네요. 많이……."

이정우의 등에서 미끄러지듯 내려온 김혁수는 그대로 바위에 기댔다.

그러고는 깊은 신음과 함께 눈을 감고는 몸을 반쯤 눕혔다.

"혁수 씨……."

"아……."

그제야 이유리와 서희, 케인과 동료들은 김혁수의 몸에 나 있는 수많은 자상(刺傷)과 옷 전체를 흥건하게 적신 피를 볼 수 있었다.

그리고 가려져 보이지 않았던 이정우의 등 뒤와 허리 쪽에 남은 김혁수의 혈흔도 자연스럽게 드러났다.

상처를 따라 흘러내린 피라고 하기엔 너무나도 많은 양이었다.

"무슨 영화처럼 구구절절하게… 말을 늘어놓고 싶지는

않군요. 그저 얼굴들을 한 번씩 담아놓고 싶은 것밖에는……."

김혁수가 애써 눈을 떠서는 자신을 바라보고 있는 동원과 이유리, 이정우와 서희를 바라보고 있었다.

케인과는 교감은 있었지만, 친하지는 않았기 때문인지 시선을 길게 두진 않았다.

"……."

동원이 김혁수의 손을 꼭 잡았다.

김혁수는 동원이 스피어러가 된 그날 이후부터 항상 잠재적인 경쟁자였고, 때로는 배울 점이 많다고 여긴 리더였으며, 동원의 기억 속에서는 서울 스퀘어에서의 빅 웨이브를 성공적으로 지휘하고 막아낸 멋진 사람이었다.

물론 능력 위주로 상대를 평가하고 클랜의 이권과 이익을 위해서 수단과 방법을 가리지 않는 행보를 보며 많은 사람들의 비난을 받기도 했지만, 리더로서는 당연했던 선택이기도 했다.

김혁수는 입버릇처럼 말하곤 했었다.

그동안 자신이 저질러온 악행, 혹은 사람들을 힘들게 만든 것에 대해 자기 스스로 느끼는 책임감과 미안함을 떨쳐낼 수 있는 기회가 꼭 필요하다고.

김혁수는 이번 전투를 그런 자리라고 생각했었는지도 모

른다.

동원은 늘 대쪽같이 흔들리지 않던 그의 눈빛이 심하게 흔들리는 것과 눈가를 따라 흘러내리는 눈물을 보자 그런 생각이 들었다.

어떤 말도, 이야기도 김혁수의 아픔을 덜어내 줄 수 없다는 것을 동원은 잘 알았다.

그리고 그가 말했던 것처럼, 구구절절하게 그에게 말을 토해내는 것이 쓸모없다는 것도 알았다.

그래서 그의 손을 꼭 붙잡고 그에게 고마움, 감사함, 그리고 미안함을 담은 눈빛만을 보내고 있었다.

"자… 다들 평원으로, 평원으로……. 후후, 아직 끝난 게 아니니까… 평원으로……."

"혁수 씨!"

"……."

투욱.

에스가드 평원이 있는 북쪽 방향을 가리키며 힘겹게 손가락을 들어 올리려던 김혁수의 손이 힘없이 바닥으로 툭 떨어졌다.

그리고 온 힘을 다해 동료들의 마지막 모습을 담았던 그의 두 눈도 힘없이 감겨져 버렸다.

"모든 게 마무리되면, 그때 다시 돌아오겠습니다. 조금만 기다려요, 혁수 씨."

동원이 조심스럽게 김혁수의 손을 놓았다.

이제 생기를 잃은 그의 몸은 이 차가운 전장 위에서 비바람과 함께 빠르게 식어갈 것이다.

하지만 떠난 사람은 다시 돌아오지 않는 법.

아직 동원과 생존한 스피어러들에게는 해야 할 일이 있었고, 동원은 잠시 김혁수를 가슴속에 묻고는 자리에서 일어섰다.

아무도 말이 없었다.

그리고 최근 부쩍 김혁수와 친해졌던 이정우는 입술을 질끈 깨문 채로 굵은 눈물 몇 방울을 토해내고 있었다.

애써 마음을 다잡는 이유리도, 그리고 안면이 있었던 케인도 표정이 편치만은 않아 보였다.

"갑시다, 평원으로. 더 이상 시간을 지체할 수는 없으니까."

동원은 차갑게, 그리고 단호하게 동료들을 지휘했다.

이제 모든 스피어러들의 정비가 끝났다.

아주 잠깐의 휴식 동안 체력도 일부 보충이 됐고, 무기나 기술들에 대한 세팅도 다시 끝난 상태. 전투에 돌입하기에는 아무런 문제가 없었다.

"자, 모두 에스가드 평원으로!"

파앗!

동원의 외침과 함께 누가 먼저랄 것도 없이 에스가드 평원을 향해 달리기 시작했다.

이제 반격할 시간이었다.

*　　　　*　　　　*

"이 개새끼들아아아……!"

키아아아악! 키아아악!

"죽어버려라, 이 저주받은 인간들!"

푸욱! 푸슉! 푸욱!

"아악! 크아아악! 크크크, 그냥은 안 죽는다, 개 같은 놈들!"

퍼어어어엉!

에스가드 평원은 그야말로 생지옥이었다.

평원 전역은 온통 브리그 족과 이그라드 족, 그리고 변이체들과 스피어러들의 피로 얼룩져 기괴한 광경을 연출해 내고 있었다.

목숨을 잃은 스피어러들의 시신치고 온전한 것은 하나도 없었고, 브리그 족은 최후의 순간에 어떻게든 이그라드 전사들과 변이체들을 끌어안고 자폭했다.

자그네트의 힘으로 되살아난 변이체들의 집중 공격은 브리그 족의 장로들도 피해갈 수 없는 것이었고, 그 과정에서 장로 세비오르를 비롯한 다수의 장로들이 목숨을 잃었다.

그나마 가장 상태가 좋은 것은 대장로 알베르.

그만이 경미한 찰과상 정도만 입었을 뿐, 다른 장로들은 몸이 성치 못했다.

혈투의 흔적은 모두에게 남아 있었다.

드넓은 에스가드 평원에서 뒤엉켜 싸우는 모두가 극한을 경험하고 있었다.

목숨이 붙어 있다면 몸의 어디에선가 피가 흐르고 있었고, 목숨이 끊어진 자들의 몸은 성치 못했다.

오히려 죽음의 탑에서 싸우고 돌아온 스피어러들이 정상으로 보일 정도였다.

피칠갑을 하고 전장의 한가운데에서 검을 휘두르고, 활을 쏘고, 마법을 시전하며 적을 죽여 나가는 스피어러들의 모습은 모든 감정과 고통에서 초월한 듯 보였다.

균형의 추가 치열하게 중간에서 양옆을 오고 가며 악전고투를 벌이던 그 상황에서, 죽음의 탑으로 이동했던 최정예 스피어러 전력들이 대거 합류하자 전황은 급반전되기 시작했다.

북서쪽의 샛길에서 모습을 드러낸 동원과 스피어러들은

거침없이 가까이 위치한 변이체와 이그라드 전사들부터 빠르게 제거해 나갔다.

치열한 죽음의 전장에서 살아 돌아온 스피어러들에게 이 정도의 적들은 아무것도 아니었다.

이미 평원에서의 계속된 전투로 힘이 빠질 대로 빠져 있었던 전사들과 변이체들은 여기저기서 추풍낙엽처럼 쓰러져 나갔다.

동원과 동료들은 죽음의 탑에서 하나둘 쓰러져 갔던 동료들의 분풀이를 하듯, 정말 거침없이 그들을 베어나갔다.

정예들로 구성된 이그라드 전사들도 변이체들도 그들 앞에서는 어쩔 도리가 없었다.

거기에 여전히 생존해 있는 다른 스피어러들과 브리그 족 전사들의 협공이 앞뒤로 이루어지자, 도리어 역으로 포위된 꼴이 되어버렸다.

지원군들의 도착에 힘을 내기 시작한 연합군은 매섭게 적들을 몰아붙였다.

치열하게 균형의 추를 유지하던 전장의 균형이 완벽하게 무너지기 시작했다.

전력이 대폭 강화된 연합군 앞에서 더 이상 이그라드 족은 힘을 쓰지 못했다.

게다가 죽음의 탑에서 도망쳐 온 이그라드 전사 몇몇이

전장에 있던 아군에게 자그네트의 죽음을 알리면서, 그들의 사기는 추락하는 물체처럼 곤두박질치기 시작했다.

악순환의 반복이었다.

각지에서 이그라드 전사들과 변이체들이 죽어나갔다.

특히나 두려움을 인식하지 못하는 변이체들은 그저 자신들의 태생 초기부터 프로그래밍된 대로, 꿋꿋이 연합군들을 향해 달려들며 싸우다가 한 줌의 재로 화해 사라졌다.

상대가 되지 않는 상황에서 변이체들의 무모한 돌진은 그야말로 개죽음이었고, 변이체들의 수는 눈에 띄게 줄어들어 갔다.

점점 변이체들의 수가 줄어들면서 이그라드 전사들은 더 빨리 연합군의 시야에 포착됐다.

당연히 레이더망에 들어온 이그라드 전사들이 무사할 리 없었고, 연합군의 집요한 추격 속에서 피를 토하며 쓰러져 갔다.

에스가드 평원에서의 길고 길었던 전투는 연합군의 승리로 완벽하게 기울었다.

하지만 연합군들은 추격의 끈을 놓치지 않고, 계속해서 이그라드 전사들의 뒤를 쫓았다.

그 결과, 에스가드 평원을 빠져나와 안심했던 이그라드 전사들도 목숨을 잃었다.

목숨을 구걸하는 이그라드 전사들을 연합군은 살려두지 않았다.

비정하다 할지라도, 인정에 이끌려 그들을 살려두는 것은 있을 수 없는 일이었다.

이미 이그라드의 로드 자그네트와 그 종족들의 야욕으로 인해 수많은 브리그 족과 스피어러들이 희생당했다.

그들은 인간들을 실험체로 삼기를 서슴지 않았고, 브리그 족 포로들은 노인도, 어린아이도 가리지 않고 참살(慘殺)했다.

이 지독한 악연의 고리를 끊기 위해서는 어느 한쪽은 사라져야 한다…….

그것이 모두의 공통된 생각이었다.

승자는 연합군이었고, 패자는 이그라드 족이었다.

평원 전투와 탑 전투에서 거의 9할 이상의 정예 전력을 모두 잃은 이그라드 족은 과거의 브리그 족, 아니 그것만도 못한 신세가 되어 계속 도망치고 도망쳤다.

그리고 그 도망칠 힘조차 없는 존재들은 연합군의 추격에 끝내 목숨을 잃었다.

*   *   *

휘이이이, 휘이이이.

거센 서풍이 에스가드 평원을 계속 훑으며 지나갔다.

그리고 서쪽에서부터 시작된 장대비가 이내 평원에 도착하면서, 평원 전역은 온통 피와 빗물로 뒤섞인 거대한 시산혈해의 공간이 되었다.

"……."

전장 위에 생존하여 두 발을 딛고 서 있는 스피어러들, 브리그 족 전사들은 한참을 말없이… 마치 약속이라도 한 것처럼 주변을 둘러보고 있었다.

승전(勝戰).

지금의 상황을 한 단어로 요약할 수 있는 것은 바로 그것이었다.

전쟁의 끝, 그리고 승리자의 기쁨이기도 한 승전의 상황이었지만, 그 어느 누구도 기뻐하거나 행복해하며 벅찬 감정으로 눈물을 쏟지는 않고 있었다.

이겼다. 그것도 완벽한 승리였다.

평원으로 나왔던 이그라드의 정예 전력들은 대다수가 궤멸됐고, 그들의 로드인 자그네트와 호위 기사들도 모두 전멸했다.

죽음의 탑에 배치되어 있던 최정예 전력들은 일부 생존자를 제외하고는 모두 몰살됐다.

코어의 힘도 없고, 구심점이 될 핵심 세력이 없는 이그라드 족은 이제 아도네스 행성을 떠도는 신세가 되어 겨우 목숨을 부지하면 다행인 상황이 되었다.

어쩌면 포탈을 이용해 다른 행성으로 이주, 다시는 이 땅으로 돌아올 생각조차 안 할지도 모른다.

"오빠……."

이유리가 힘없이 동원의 품에 안겼다.

장대비가 내리 쏟아지자, 피로에 찌든 몸이 무너질 듯 휘청거렸다.

동원은 말없이 이유리를 자신의 품으로 당긴 채, 그녀가 쓰러지지 않도록 꼭 안아주었다.

"끝났어, 이 전쟁이."

동원이 짧게 말을 끊었다.

이것은 동원의 예측이나 추측이 아닌 확신에 찬 종언이었다.

포탈의 탄생으로 시작된 지독한 악연의 끈이 드디어 끊어졌다.

승자는 스피어러와 브리그 족이었고, 패자는 이그라드 족이었다.

패자는 쇠락의 길을 걷게 되겠지만, 그렇다고 승자인 연합군이 마냥 기뻐할 수 있는 상황은 아니었다.

평원 전체에 널려 있는 수많은 시체들은 얼마나 많은 스피어러들과 브리그 족이 죽어갔는지를 보여주고 있었다.

숨이 끊어진 이들은 다시 살려낼 수 없었고, 이들은 이제 가슴속에 묻어야 할 과거의 아픔이 되어버렸다.

트윈 코어를 탈취하기 위한 전투에서 목숨을 잃었던 조규현도, 그리고 자신의 부상을 끝까지 숨기고 고군분투했던 김혁수도 이제는 망자(亡者)가 되었다.

돌아올 수 없는 강을 건넌 그들.

이제 그들을 살아서는 볼 수 없게 된 것이다.

스피어러와 브리그 족 전사들이 저마다 이런 생각으로 떠난 동료들을 추모하고 있었다.

웃고, 환호하며 승전의 기쁨을 나누기엔,

살아남은 자들에게 남겨진 상처가 너무나도 컸던 것이다.

상처받은 감정을 추스를 시간이 필요했다. 수많은 아픔, 고통, 슬픔으로 난자된 뜨거운 심장을 다독여줄 시간이.

에필로그

　─이제 그대들을 고통스럽게 만들었던 전쟁은 끝이 났
다. 더 이상 이그라드의 잔당들은 그대들을 괴롭힐 수 없
을 것이고, 포탈을 따라 변이체들이 나오는 일도 없을 것
이다. 로드께서는 그대들을 죽음과 생존의 시험에 들게 했
던 모든 것들을 사라지게 안배하셨고, 이제 스피어로 말미
암아 만들어졌던 모든 무기와 능력들이 사라지게 될 것이
다.

　대장로 알베르가 로드의 입을 대신해 전쟁의 종식(終熄)

을 선언하는 그 순간, 그의 말대로 모든 것이 끝이 났다.

스피어러들을 따라다니며 정해진 시간이 될 때마다 시험에 들게 했던 스피어는 사라졌다.

그리고 스피어로 인해 형성됐던 무기들도 모두 사라졌고, 당연히 스피어러들이 입고 있던 슈트와 착용하고 있던 무기들은 흔적도 없어졌다.

능력도 마찬가지였다.

엄밀히 말하자면 약간의 잔재가 남아 있기는 했지만, 평범한 인간과는 비교도 되지 않을 정도로 엄청난 힘을 부여하고 가능케 해줬던 스피어의 흔적은 사라졌다.

자기에게 주어졌었던 특별한 능력.

그리고 온갖 투쟁을 통해 높은 랭크와 무기, 기술을 획득하고 강해졌던 스피어러들은 이런 변화에 불만을 가지거나 박탈감을 느낄 법도 했지만… 현실은 그렇지 않았다.

몇몇 스피어러들은 과거에 자신에게 집중되었던 스포트라이트, 혹은 주변인들의 관심이 사라지게 된 것을 아쉬워했지만, 대다수는 이 지독한 죽음과의 싸움에서 해방되었다는 사실에 행복해했다.

그것은 동원도 마찬가지였다.

잠시나마 체험했었던 코어의 힘.

그리고 주변 사람들이 우스갯소리로 말하던 60억분의 1

의 힘에 대한 미련은 없었다. 오히려 후련했다.

아도네스 행성에서의 전투 자체는 끝나지 않았다.

브리그 족은 완벽하게 끝을 보기 위해, 집요하게 이그라드 족의 뒤를 추적했다.

그것은 어찌 보면 그동안 이그라드 족에 억압되었던 것에 대한 복수이기도 했고, 약육강식의 섭리에 따라 약자가 되어버린 이그라드 족의 운명이기도 했다.

이를 두고 브리그 족이 옳다, 그르다를 논할 수는 없었다. 역사, 그리고 운명은 승자의 것이고, 패자는 자신의 패배로 말미암아 주어진 결과를 받아들일 수밖에 없기 때문이다.

핵심 전력이 모두 전멸당한 마당에 이그라드 족의 반항은 무의미했다.

그들은 각지에서 피를 뿌리며 죽어갔고, 아도네스 행성의 주인은 빠르게 바뀌어갔다.

아도네스 행성 남서쪽에 웅크린 듯이 물러나 있던 브리그 족들은 날개를 펼치고 날아가는 새처럼, 아도네스 행성 전역으로 거처를 옮겨가며 신속히 새로운 삶에 적응했다.

한편 모든 스피어러들이 궁금해했던 브리그 족의 로드는 끝내 모습을 드러내지 않았다.

알베르의 말에 따르면, 로드는 죽은 것도 살아 있는 것도 아닌 사념(思念)과도 같은 존재라 했다.

당초 알베르는 전쟁이 끝나면 로드가 브리그 족 장로나 대장로의 몸을 통해 잠시나마 현신(現身)하여 인간들과 대화할 것이라 생각했지만, 그렇게 되지는 않았다.

해석이 분분했지만, 어느 누구도 이를 두고 문제 삼거나 이상하게 생각하지는 않았다.

그의 안배 덕분에 인간과 브리그 족은 최악을 면할 수 있었고, 비록 고통스러운 과정이 있기는 했지만 끝내 극복하여 최고의 결과를 만들어낼 수 있었기 때문이다.

*   *   *

아도네스 행성이 대대적인 이그라드 족 소탕과 함께 진정 국면으로 접어드는 동안, 지구에서도 많은 변화가 있었다.

끔찍했던 변이체들과의 전쟁, 전투에 대한 종식이 완벽하게 선언되면서 사람들은 남녀노소를 불문하고 거리로 뛰어나와 환호했다.

한편으로는 포탈의 등장과 함께 시작된 악연으로 지금까지 희생된 죄 없는 사람들과 각지에서 민간인들을 구하기 위해 전력을 다해 싸우다 죽어간 스피어러들에 대한 추모도 이어졌다.

특히 최후의 전쟁, 에스가드 평원 전투에서 전사한 스피어러들에 대해서는 언론의 집중 조명과 함께 그들의 일대기를 다룬 수많은 프로그램들이 편성되어 보도됐다.

희생자에 대한 조명만큼, 당연히 생존한 자들에 대한 관심도 높아졌다.

그 관심의 정점에 위치한 것은 동원과 동료들이었다.

죽음의 탑 10층에서 자그네트와 그의 호위 기사들과 목숨을 건 사투를 벌였던 모두는 각국 언론의 관심을 한 몸에 받았다.

직접 두 눈으로 보고 듣지 못한 사람들은 이들의 무용담을 무척이나 듣고 싶어 했다.

살아남았다는 안도감과 그 기쁨만큼, 자신들에게 그러한 삶을 가져다준 스피어러들을 고마워하지 않을 수 없었던 것이다.

평소에는 언론과의 인터뷰, 방송 출연을 마다했던 동원도 이것만큼은 거절하지 않았다.

오히려 프로그램에 나가, 계속해서 쏟아지는 질문에 하

나하나 친절하게 답하며 그들의 궁금증을 해소해 주었다.

특히 지금은 곁에 없는, 하지만 목숨을 걸고 싸우다 끝내 장렬하게 사라져 갔던 동료들에 대한 이야기를 아끼지 않았다.

그 때문일까.

사람들은 그전까진 그저 블랙 헌터라는 클랜 소속의 개성 있는 스피어러 정도로만 생각했던 규현과 클랜 간의 이권 다툼으로 안 좋은 인식이 박혀 있었던 김혁수에 대한 생각을 바꾸기 시작했다.

어느 한편에서는 그들을 주인공으로 한 웹툰이 만들어져 인기리에 연재가 될 정도였다.

월드 플레이어(World Player).

사람들은 스피어러들을 그렇게 불렀다.

지구를 포함한 드넓은 우주를 무대로 불가능을 가능으로 만들기 위해 투혼을 불태우며 투쟁했던 그들을 사람들은 그렇게 부르며 치켜세웠다.

한편 지구 곳곳에 위치한 포탈들은 시간이 지나면서 하나둘 사라져 갔다.

따로 크리스탈을 구해 와 제거하지 않았음에도, 작은 포탈들은 자연스럽게 소멸되어 갔다.

코어의 힘이 모두 사라지면서 포탈을 유지하는 힘이 소멸되었기 때문이다.

하지만 각국의 주요 도시에 위치한 메인 포탈들은 사라지지 않고 남았다.

각국마다 적게는 세 개에서 많게는 열다섯 개 정도의 메인 포탈이 남았는데, 포탈 주변에 정체된 형태로 접근하는 일반인들을 죽음으로 몰았던 붉은 안개는 더 이상 존재하지 않았다.

말 그대로 지구와 아도네스 행성을 연결하는 공간, 그 통로로서의 포탈이 남은 것이다.

과거에 스피어러였던 사람들은 물론이고, 민간인들도 따로 별도의 처리를 하지 않아도 포탈을 넘어갈 수 있었다.

물론 아무에게나 접근이 허락되지는 않았다.

군은 주변에 넓게 경계 라인을 구축하고, 일반인들이 허가 없이 드나들지 못하도록 막았다.

단, 대한민국의 경우 상징성이 큰 서울 스퀘어 앞의 포탈은 비교적 경계 라인을 좁게 잡는 한편, 일반인들도 멀리서 얼마든지 포탈을 관찰할 수 있도록 공간이 만들어졌는데 각지에서 많은 사람들이 몰려들곤 했다.

이제 각국에 남겨진 포탈은 브리그 족과 교류를 하기 위한 선물이 되었다.

각국은 앞다투어 브리그 족과 관계를 맺고 교류를 하기 위한 준비를 시작했고, 포탈 너머로 사람을 보내기도 했다.

하지만 브리그 족은 자신들과 큰 연관이 없었던 사람들, 쉽게 말해서 정부의 사람들을 달가워하지 않았다.

그들과는 생사고락을 함께한 것도 아니었으며, 인간 모두를 믿지도 않았기 때문이다.

게다가 포탈은 과거와 달리 수용 능력이 약화되어 한 시간에 한 명 꼴로 적은 수의 인원만 보낼 수 있었기 때문에 자유로운 사용이 불가능했다.

포탈을 통해서는 인체와 의복 같은 가벼운 옷감 정도를 제외한 그 어느 것도 넘어가고, 올 수 없었기 때문에 인류가 군사적인 목적으로 브리그 족에게 접촉하는 것도 쉽지 않았다.

오히려 두려워해야 하는 것은 반대의 경우였다.

브리그 족은 정신을 제어하는 능력을 사용할 줄 아는 고등 문명의 요소를 지닌 존재들이었기 때문이다.

그래서일까?

초창기 스피어러들을 배제하고 독단적으로 브리그 문명과 접촉하려 했던 몇몇 정부는 방향을 선회해, 스피어러들에게 손을 벌리기 시작했다.

하지만 스피어러들은 크게 협조적이지 않았다.

이그라드 족의 야망, 야욕으로 인한 간섭으로 인해 시작된 악연을 반복하고 싶지 않았기 때문이다.

인간들이 그릇된 생각으로 브리그 문명에 해를 끼치는 걸 원하지 않았고, 브리그 문명 역시 자신들이 인간에게 간섭하는 것처럼 보일 수 있는 그 어떤 행위도 하고 싶지 않아 했다.

스피어러들에 대한 고마움과 묵묵히 견뎌준 지구의 사람들에 대한 고마움은 백번을 말해도 모자랄 만큼 가슴속 깊이 자리하고 있었지만, 애써 인류 문명과 연결점을 만들어 서로에게 혹시나 역효과를 불러일으킬 만한 상황을 만들고 싶지 않았던 것이다.

이런 브리그 족의 생각에는 크게 변함이 없었고, 포탈을 이용해 문명의 번영을 이끌어보겠다는 몇몇 정부의 생각과는 달리, 포탈은 인류에게 일어났던 2014년의 일을 상징하는 증거로만 조용히 남게 되었다.

하지만 그러던 어느 날.

몇몇 스피어러들에게는 남들에게는 알려지지 않은, 로드의 은밀한 메시지가 닿았다.

그리고 그 메시지가 닿는 순간.

그들에게는 아주 약간의 변화가 일어났다.

*　　　*　　　*

"자자, 겁먹지 말고. 선생님에게 달려가서 온 힘을 다해서 두 발로 차보는 거야. 알았지?"

"네! 선생님!"

"기술 이름은 뭐로 할까? 어떤 이름이 좋겠어?"

"이정빈 드롭킥이요!"

"좋아, 좋아. 날려보자, 이정빈 드롭킥!"

"야아아아아앗! 이정빈 드롭키— 익!"

뻐어어엉!

"어이쿠, 이거 다섯 살짜리가 뭐 이렇게 힘이 세?"

"아니에요, 선생님! 여섯이에요, 여섯! 히히히히!"

체육관에서는 어린아이들의 기합 소리가 울려 퍼졌다.

스피어러로서의 삶이 끝나고. 그로부터 1년 후.

황찬성과 황찬열 형제는 체육관을 차리고, 그 체육관에서 어린아이들에게 레슬링을 가르치고 있었다.

엄밀히 말하자면 어린아이들의 성장에 도움이 되도록 수많은 종목의 운동들로 신체를 자극하고 활동성을 높이는 것이었는데, 그중에서도 레슬링은 수강하는 아이들에게 가장 관심이 높은 종목이었다.

기술 하나하나에 자신의 이름과 특징을 부여해 가며 열심히 구사하는 레슬링 기술들은 아이들에게 큰 인기였다.

유치하다는 생각은 전혀 하지 않았고, 오히려 즐겼다.

게다가 정겹게 선생님들이 샌드백을 이용해 맞아주고 리액션을 해주니, 아이들은 더욱 좋아했다.

이를 때때로 참관하는 학부모들도 즐거워했는데, 특히나 아이의 아버지들 같은 경우는 옛 레슬링에 대한 향수가 있어서인지 반응이 더 좋았다.

체육관 내의 모든 공간에는 안전 쿠션과 장치들이 되어 있었기 때문에 아이들이 다치는 일도 없었다.

"자아, 어린이들. 이제 단비 선생님이랑 같이 모래 놀이도 해볼까요?"

"네에, 선생님!"

체육관 한쪽에서는 김단비가 아이들을 데리고 별도로 만들어진 모래 놀이터 위에서 아이들과 놀고 있었다.

시간이 흐르고…

아이들이 모래 놀이에 취해 방방 뛰어놀고 있을 즈음, 황찬성이 그녀 옆으로 와서는 고생하는 그녀의 이마 옆으로 흘러내리는 땀을 닦아 주었다.

"어때, 할 만해?"

"무슨 소리 하는 거야, 오빠. 힘들지도 않아. 걱정하지 마. 여긴 일하는 곳이잖아. 자꾸 달라붙지 마. 밖에서도 붙어 다닐 수 있는데, 왜 아이들 옆에서 부끄럽게."

"단비야, 저기 우리보다 더 심한 사람도 있는데 이 정도가 뭐가 어때서?"

은근슬쩍 자신의 손을 잡는 황찬성에게 김단비가 면박을 주자, 황찬성이 원장실 쪽 방향을 가리켰다.

그러자 잠깐의 휴식 시간이 생긴 사이 원장실 쪽으로 간 황찬열이 누군가의 손을 꼭 붙잡은 채, 애정이 듬뿍 담긴 눈빛을 보내며 막간의 티타임을 즐기고 있었다.

여름 내 살짝 태운 구릿빛의 피부를 가진 소유자, 부드러운 손길로 황찬열의 손등을 어루만지고 있는 사람. 그 손의 주인은 다름 아닌 서희였다.

원장 서희.

전임강사 황찬성, 황찬열.

유아 지도 김단비.

바로 이것이 이 체육관의 라인업이었다.

그리고 이 네 사람은 각각 두 사람씩, 아주 끈끈한 사랑의 연결 고리로 매듭지어져 있었다.

"오빠, 언제 프러포즈할 거야? 응? 내가 엎드려서 절 받아야 해? 저 부부들처럼 멋지게 프러포즈해봐. 응? 아, 말하다 보니까 좀 쪽팔린데……?"

"아웃! 기다려 봐. 오빠가 다 준비 중이야. 이 눈치 없는 여자야, 프러포즈해 달라는 여자가 어디 있어?"

"저기 있잖아. 그리고 멋들어지게 해준 남자도 있고 말이야?"

김단비가 황찬성의 옆구리를 세게 꼬집으며, 부러운 눈빛으로 서희를 바라보았다.

그랬다.

두 사람은 부부가 되어 이미 함께 살고 있었던 것이다.

그 누구도 결혼에 가장 먼저 이를 것이라 생각지 않았지만 빠른 연애, 불타오른 사랑으로 골인한 커플이었다.

"그나저나 동원 형은 잘 지내고 있으려나. 여행 간다더니, 그 이후로 감감무소식이네. 하긴, 거긴 핸드폰이 터지는 곳도 아니지."

"거기… 간 거야?"

"응, 아마 유리랑 데이트 중이겠지. 남들은 하고 싶어도 못 하는 정말 근사한 데이트 말이야. 하늘에 뜬 두 개의 달, 보랏빛 하늘… 이런 건 지구에 없잖아?"

"부럽다……."

"미안하지만 오빠가 그거는 못 해줘."

초롱초롱한 눈망울로 자신을 바라보는 김단비의 시선을 황찬성이 애써 무시하며, 애꿎은 핸드폰만 만지작거렸다.

어차피 긴 여행은 아니니 언제고 동원은 돌아올 것이다.

동원이 다시 돌아오면 그때는 전부 모여서 거하게 술판이나 한번 벌여볼 생각이었다.

그때까지는 지금까지 늘 그랬듯 열심히 하루하루를 살아가며 평생의 반려자로 함께하고 싶은 김단비에게 동생 황찬열처럼 멋지게 프러포즈할 준비를 해나갈 뿐이었다.

그것이면 충분했다.

사랑의 힘이란 그런 것이다.

*   *   *

첨벙, 첨벙, 첨벙.

바닥에 붙어 있는 돌의 색 하나하나가 보일 정도로 티 없이 맑은 물 위로 뽀얀 우윳빛의 두 발과 구릿빛의 두 발이 사이좋게 열을 맞추어 걷고 있다.

한 걸음씩 내디뎌질 때마다 발끝을 따라 고요한 물 위로 생겨난 동심원이 점점 멀어져 간다.

에메랄드 빛이 가득한 호숫가.

두 남녀가 사랑스럽게 서로를 응시한 채, 한 손을 꼭 맞잡고 걷고 있다.

바로 동원과 이유리였다.

그리고 아무도 없는 이곳은 지구상의 어딘가에 있는 섬이나 무인도가 아닌… 황찬성의 말대로 아무나 올 수 없는, 정말 하고 싶어도 할 수 없는 데이트 장소였다.

바로 이곳은 아도네스 행성, 죽음의 탑 북쪽에 위치한 무리지안 호숫가였다.

호수 끝으로 보이는 거대한 달 하나와 그 위에 앙증맞게 자리 잡고 있는 또 다른 달, 그리고 항상 날씨가 좋아 맑은 보랏빛 하늘이 반짝이며 빛나는 절경이었다.

"오빠… 이래도 되는 거야?"

"이래도 되니까 온 거지. 그들의 배려를 굳이 거절할 필요는 없어. 때로는 평범한 일상에서 벗어나 낯설음에 잠겨보는 것도 나쁘지는 않지. 그것도 사랑하는 사람과 함께라면."

"아쉽지는 않아? 오빠는 남들과는 다른 힘을 얻을 수도 있었어. 그것도 대장로님이 먼저 제안한 거였고, 그 능력이면… 오빠는 좀 더 편하게 살았을지도 몰라. 지금처럼 남들과 크게 다를 것 없는 복싱 선수의 삶이 아닌, 특별한 사람으로."

"후회하지 않아. 지금의 나는 내가 가장 하고 싶은 것을 하고 있는 행복한 사람일 뿐. 그건 유리 역시 마찬가지잖아. 후후, 우리는 가장 하고 싶은 일을 하고 있는 가장 행복한 연인인 거야."

"오빠, 요즘 참 말 잘해. 오빠를 처음 봤을 때만 해도 길어야 몇 마디 하고는 마는 사람이었는데……. 근데 나는 이런 오빠의 모습도 좋아. 다 좋아. 오빠라면 뭘 해도 나는 좋다고, 아니 사랑한다고 할 거야. 사랑해, 오빠."

"나도 사랑해. 항상 유리보다 더 많이."

거침없는 애정 표현.

그리고 두 사람은 서로의 입술을 포갠 채로 한참을 말없이 뜨거운 키스를 나누었다.

때로는 격렬하게, 때로는 부드럽게.

그리고 두 남녀의 손길이 부지런히 움직이며 서로의 몸 이곳저곳을 탐색했다.

그렇게 열기가 달아오를 무렵, 두 사람은 약속이라도 한 것처럼 뜨거워진 감정을 가라앉히고 다시 물가를 따라 걷기 시작했다.

시간은 많고, 이곳에는 오직 둘뿐이었다.

둘만을 위해 주어진 시간과 공간.

사랑은 언제든 나눌 수 있었다.

그날 이후.

동원과 이유리는 다시 자신의 꿈을 향한 여정을 시작했다.

동원은 유명세를 타면서 연예계로 진출하거나, 혹은 다양한 방송에 출연하며 시시콜콜 스피어러들의 이야기를 털어놓는 다른 사람들과는 달리… 평범한 삶으로 돌아가 새로운 인생을 시작했다.

과거 아르바이트를 하던 때와는 달리 분명 경제적으로 윤택해진 것은 사실이었다.

그래서 다시 꿈에 대한 열망을 키워볼 수 있었고, 복싱 선수로 거듭나기 위한 훈련에 훈련을 거듭했다.

스피어러로서의 능력은 모두 사라졌지만, 치열한 전장에서 사력을 다해 싸웠던 그 감정과 투혼, 그리고 감각은 그대로 남았다.

그래서인지 동원은 지금까지 치른 몇 차례의 대전에서 무패 행진을 달리는 중이었고, 돌아오는 달에는 수준급의 복서와 대전 일정이 잡혀 있었다.

동원은 여전히 세간의 관심을 받는 사람들 중 하나였기 때문에 자연스럽게 복싱에 대한 관심도 높아졌고, 덕분에 복싱계는 2000년 이후로 전례 없는 호황기를 누리게 될 그 시작점에 있었다.

한편 이유리도 양궁계로 복귀해 연일 좋은 모습을 보여주고 있었다.

세간에서는 이유리가 스피어의 능력을 가지고 있어 그런 것이라는 의문설을 제기했지만, 이미 몇 번이고 스피어의 소멸과 함께 능력이 사라진 것이 입증됐기 때문에 그저 의문을 제기하는 선에서 논란은 끝이 났다.

이유리는 변이체, 그리고 전사들과 싸웠던 수많은 전투 경험에서 체득된 감각을 바탕으로 양궁 대회에서도 승승장구를 거듭해 나갔다.

대외적으로도 유명해진 강동원─이유리 커플은 각각 복싱계와 양궁계를 대표하는 이른바 '네임 밸류' 있는 선수로서 각자의 종목을 널리 알렸고, 최고의 결과를 매일 도출해 내고 있었다.

그렇게 선수로서의 삶을 살며, 짬짬이 시간을 내 데이트를 하며 사랑을 더욱 키웠다.

결혼에 대한 이야기는 이미 있었지만, 그것은 좀 더 선수로서 정점을 찍고 그 영광을 충분히 누렸을 때 하기로 했다.

그래서 약혼식을 한 지가 벌써 3개월째였다.

때문에 두 사람의 손에는 예쁘게 이니셜이 새겨진 은반

지가 보기 좋게 끼워져 있었다.

동원과 그녀가 이곳에 있을 수 있게 된 것은 대장로 알베르가 동원과 그녀에게 별도의 배려를 해주었기 때문이다.

원래 브리그 족은 동원에게 브리그 문명의 힘을 나누어주고, 그로 하여금 브리그 족의 일원으로서 아도네스 행성에서 새로운 삶을 시작하기를 바랐다.

그가 전투에서 남긴 이미지, 결과, 그리고 이그라드의 로드 자그네트를 상대로 브리그 족의 운명을 구한 최후의 전쟁에 대한 잔상 등… 동원에 대한 고마운 마음과 기대, 그리고 함께했으면 하는 소망 등이 한데 어우러져 있었기 때문이다.

하지만 동원은 정중하게 알베르의 제안을 거절했다.

지구에서의 삶을 애써 부정하고 싶지도 않았고, 포기하고 싶지도 않았다.

브리그 족의 능력이 욕심이 나는 것도 아니었다.

동원의 정중한 거절에 알베르는 그 이상 권유하지 않았다.

그렇다고 해서 뜻을 돌릴 수 없음을 잘 알았기 때문이다.

그래서 동원에게 다른 제안을 했다.

동원, 그리고 그가 소중히 여기는 사람과 언제든 아도네스 행성으로 넘어와 시간을 보낼 수 있도록 해줄 테니, 언제고 마음 편히 이곳을 찾아와 달라는 것.

그렇게 해서 일족, 아니 종족의 은인이기도 한 동원을 잊지 않고 볼 수 있게 해달라는 것. 그것이 알베르의 제안이었다.

동원은 그것까진 거절하지 않았다. 그러자 알베르는 동원에게 작은 구슬 하나를 건넸다.

커넥팅 스피어.

이는 동원에게 주어진 것으로 동원을 포함한 두 사람만이 아도네스 행성으로 포탈을 통하지 않고 이동할 수 있는 신물(神物)이었다.

그래서 이렇게 두 사람은 지구의 그 어느 누구도 즐길 수 없는 둘만의 시간, 그리고 특별한 데이트를 즐기고 있었다.

이곳은 두 사람이 모두이고, 전부였다. 그야말로 둘만을 위한 공간이었던 것이다.

"아, 좋다…….."

평평한 모래 위로 그녀가 몸을 눕히자 동원이 그녀의 손을 붙잡고 천천히 그 옆으로 따라 누웠다.

하늘은 맑았고, 바람은 시원했다.

이따금씩 들리는 호숫가의 물결 소리는 마음을 더욱 평온하게 만들었다.

더 이상 이그라드의 문명이 남긴 흔적들은 보이지 않는다.

그리고 사람들도 변이체들에게는 더 이상 고통을 받지 않으며, 스피어러였던 사람들도 스피어에 끌려가 영문도 모른 채 생존을 건 투쟁을 벌이지도 않는다.

물론 인간들은 늘 그랬듯… 큰 위기를 넘기고 난 뒤, 저마다 반목하여 다투고 대립하기를 반복했다.

그것은 어쩔 수 없는 인간 본연의 역사이자 숙명이기도 했다.

인간의 삶 깊숙이 파고들어왔던 '새로운 문명과의 충돌'이 끝나고, 이제 인간들은 저마다 예전의 삶으로 돌아가 살고 있다.

누군가는 과거의 악몽들을 잊은 채 살아가고 있고 혹은 동원과 이유리처럼 새로운 자신의 꿈을 향해 나아가고 있는 사람도 있었다.

"유리."

"응?"

"항상 고맙고 감사해. 늘 내 곁에 있어줘서. 그리고 앞으로도 항상 내 곁에 있어줘, 영원히."

"…사랑해, 오빠."

그렇게 두 사람은 서로를 마주 본 채 꼭 끌어안고는 한참을 말없이 있었다.

모든 것이 평화로웠다.

지난 1년이 그러했고, 앞으로도 그럴 것이다.

혹… 시간이 흐른 언젠가, 과거와 같은 의외의 일들이 어쩌면 다시 일어날지도 모른다.

하지만 일어나지 않은 일을 걱정하고 두려워하는 것은 어리석은 일이다.

다른 사람은 몰라도 동원과 이유리만큼은 지금 자신들이 딛고 있는 이 땅, 이 공기, 이 삶을 온전히 누릴 수 있음을 감사했다.

그리고 구태여 미래를 걱정하려 하진 않았다.

세상, 그리고 세상 속의 사람들은 그렇게 과거를 잊고 미래를 향해 힘차게 나아가고 있었다.

때로는 쳇바퀴 같은 일상에 치인 듯 정신없이 살기도 했다.

그리고 이따금씩 삶 속의 무료함을 느낄 때면 악몽과도 같았던 과거를 떠올리며 지금에 감사하기도 했다.

언제나.

늘 그랬듯이.

인간은 망각의 동물이라는 비유에 걸맞게.

그렇게 사람들은 살아가고 있었다.

그리고…

앞으로도 그렇게 살아갈 것이다.

『월드 플레이어』완결

작가 후기

여러분과 함께했던 월드 플레이어가 끝이 났습니다. 우선 독자 여러분들에게 하나부터 열까지 죄송한 마음이 먼저 앞섭니다.

이번 월드 플레이어를 집필하는 기간 동안 느낀 점은 작가로서의 삶이 결코 쉬운 것이 아니며, 더 많은 책임감을 바탕으로 매일매일을 치열하게 글과 싸우고 부둥켜 안아가며 함께해야 한다는 것이었습니다.

작가로서의 삶은 말처럼 쉬운 것이 아니었고, 연재라는 장기 레이스를 치르는 과정에서 제 스스로의 마인드, 혹은 개인사나 가정사 등이 맞물려 글이 아쉬워지는 일이 종종 있기도 했습니다.

에필로그를 포함한 세 챕터가량은 얼마나 많이 쓰고 엎었는지 모르겠습니다. 그 과정에서 깨달은 점도 많았고, 무엇보다 작가라는 그 이름이 얼마나 무거우며, 또한 노력해야 하는 것인지 여실히 깨달을 수 있었습니다.

그래도 월드 플레이어라는 작품은 제 첫 작품이었고, 제가 생각한 대로 완결을 냈습니다. 이야기를 좀 더 끌어볼 수도 있었고, 곁가지 스토리를 넣어 이야기를 더 부풀려 볼 수도 있었지만 그렇게 하지 않았습니다. 이야기로 독자분들을 기만하고 싶지는 않았기 때문입니다.

그래서 월드 플레이어의 내용에 아쉬움은 없습니다. 다만, 여러분을 책을 통해 찾아뵙는 기간 동안 항상 마음속에 가지고 있었던 독자분들에 대한 죄송함은 여전히 남아, 앞으로 더 많은 글을 써나갈 제 어깨를 무겁게 합니다. 열심히 할 생각입니다.

지금까지 월드 플레이어를 사랑해 주셔서 감사합니다.

제 글과 함께해 주신 모든 독자분들에게 행복과 행운이 깃들기를 빌며, 독자분들과 함께 달려온 즐겁고 뿌듯했던 시간을 가슴속에 담은 채 더 열심히, 더 치열하게 달려 나갈 준비를 또 하도록 하겠습니다.

독자분들과 함께할 수 있어 행복한 시간이었습니다.

머지않아 더 강하게 정신 무장을 하고, 더 다듬어진 글로 인사드리겠습니다. 항상 발전하는 모습을 보여드릴 수 있도록 노력하는 승유가 되겠습니다.

감사합니다.

2015년 11월 5일, 승유 올림

초대형 24시 만화방

신간 100%, 샤워실, 흡연실, 수면실(침대석), 커플석, 세탁기 완비

■ 강북 노원역점 ■

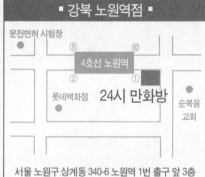

서울 노원구 상계동 340-6 노원역 1번 출구 앞 3층
02) 951-8324 (화용빌딩 3층)

■ 일산 정발산역점 ■

24시 만화방

라페스타 E동 건너편 먹자골목 내 객잔건물 5층
031) 914-1957

■ 일산 화정역점 ■

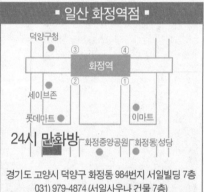

경기도 고양시 덕양구 화정동 984번지 서일빌딩 7층
031) 979-4874 (서일사우나 건물 7층)

■ 부천 역곡역점 ■

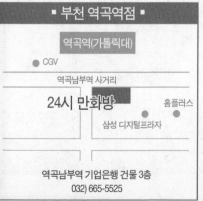

역곡남부역 기업은행 건물 3층
032) 665-5525

■ 부평역점 ■

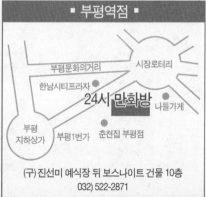

(구) 진선미 예식장 뒤 보스나이트 건물 10층
032) 522-2871

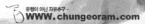

네르가시아 장편소설
FUSION FANTASTIC STORY

도시 무왕 연대기

글로벌 기업의 후계자 김태하.
탄탄대로를 걷던 그에게 거대한 음모가 덮쳐 온다!

『도시 무왕 연대기』

가장 믿고 있었던 친척의 배신,
그가 탄 비행기는 추락하고 만다.

혹한의 땅에서 기적같이 살아나
기연을 만나게 되는데……

모든 것을 잃은 남자,
김태하의 화끈한 복수극이 시작된다!

Book Publishing CHUNGEORAM

유행이아닌 자유추구
WWW.chungeoram.com

멱운 장편 소설

FUSION FANTASTIC STORY

전쟁

삼국지

三國志

2세기 말 중국 대륙.
역사상 가장 치열했던 쟁패(爭覇)의
시기가 열린다!

중국 고대문학을 공부하던 전도형,
술 마시고 일어나니 도겸의 둘째 아들이 되었다?

조조는 아비의 원수를 갚으러 쳐들어오고
유비는 서주를 빼앗으려 기회만 노리는데……

"역시 옛사람들은 순수하다니까.
유비가 어설픈 연기로도 성공한 데는 다 이유가 있지, 암."

**때로는 군자처럼, 때로는 효웅처럼!
도형이 보여주는 난세를 살아가는 법!**

Book Publishing CHUNGEORAM

유행이 아닌 자유추구 -
WWW.chungeoram.com

FUSION FANTASTIC STORY

비츄 장편소설

올 스탯
슬레이어

강해지고 싶은 자, 스탯을 올려라!
『올 스탯 슬레이어』

갑작스런 몬스터의 출현으로 급변한 세계.
그리고 등장한 슬레이어.

[유현석 님은 슬레이어로 선택되었습니다.]

"미친… 내가 아직도 꿈을 꾸나?"

권태로움에 빠져 있던 그가…

"뭐냐 너?"

"글쎄, 나도 예상은 못했는데, 한 방에 죽네."

슬레이어로 각성하다!

Book Publishing CHUNGEORAM

유행이 아닌 자유추구 -
WWW.chungeoram.com